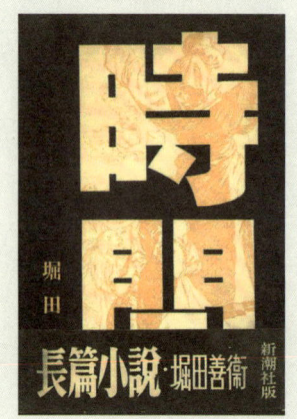
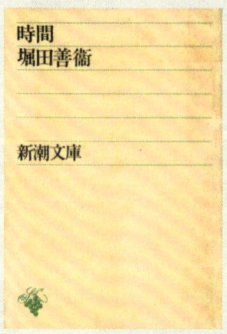

作者堀田善卫之女致中国读者

　この度、亡き父堀田善衞の著作『時間』を、秦剛先生の翻訳により、中国にて出版されることになりました。

　小説『時間』は、1955年に新潮社より刊行、その後絶版となり、2015年に岩波書店現代文庫として復刊されました。

　長い歳月を経て、中国にて翻訳・出版されることは、亡き父にとって望外の喜びでしょう。

　娘の私にとりましても、とても大きな喜びとなりました。

　私は、今まで中国を訪問する機会がなく、青春時代を中国で過ごした父母の、心の故郷ともいえる中国には、ぜひ一度訪れたいと願っております。

　中国での『時間』出版に携わってくださった皆様に深く感謝申し上げますとともに、今後、中国と日本の文学の交流、歴史への対話が、なお一層盛んになりますよう、心より願っております。

　そして、中国の多くの読者の方々に『時間』を読んでいただけましたら、幸いでございます。

　　　　　　　　　　　　　　　　　　堀田百合子

我父亲的著作《时间》通过秦刚先生的翻译，不久即将在中国出版。

小说《时间》于一九五五年曾由新潮社刊行，之后绝版。二〇一五年选入岩波书店现代文库，复刊出版。

经历了漫长的岁月，本书能在中国翻译出版，这对故去的父亲来说也必定是一份意外的惊喜。

作为他的女儿，我也感到由衷的喜悦。

我至今一直没有机会访问中国，中国是我的父母度过了青春时代的心灵故乡，我希望一定要去拜访一次。

对在中国协助出版《时间》的所有人士致以深深的谢意，并从心底祈盼中国和日本的文学交流与历史对话更为兴盛。

而且，如果能有更多的中国读者来阅读《时间》，我将感到万分欣幸。

堀田百合子

时间
じかん

［日］堀田善卫 著

秦刚 译

著作权合同登记号　图字 01-2017-8942

JIKAN
by Yoshie Hotta
© 1955, 2015 by Yuriko Matsuo
First edition published 1955,
Original published 2015 by Iwanami Shoten, Publishers, Tokyo.
This Simplified Chines edition published 2018
by People's Literature Publishing House, Beijing
by arrangement with Iwanami Shoten, Publishers, Tokyo

图书在版编目(CIP)数据

时间/(日)堀田善卫著;秦刚译. —北京:人民文学出版社,2018
ISBN 978-7-02-013602-5

Ⅰ.①时… Ⅱ.①堀…②秦… Ⅲ.①长篇小说—日本—现代 Ⅳ.①I313.45

中国版本图书馆 CIP 数据核字(2017)第 314163 号

责任编辑	陈　旻
装帧设计	陶　雷
责任印制	苏文强

出版发行	人民文学出版社
社　　址	北京市朝内大街 166 号
邮政编码	100705
网　　址	http://www.rw-cn.com
印　　刷	三河市西华印务有限公司
经　　销	全国新华书店等
字　　数	132 千字
开　　本	787 毫米×1092 毫米　1/32
印　　张	8.375　插页 2
印　　数	1—8000
版　　次	2018 年 7 月北京第 1 版
印　　次	2018 年 7 月第 1 次印刷
书　　号	978-7-02-013602-5
定　　价	35.00 元

如有印装质量问题,请与本社图书销售中心调换。电话:010-65233595

译者序:用"鼎的话语"刻写时间

日本作家堀田善卫(1918—1998)于一九五四年底创作完成的《时间》,是日本作家也是海外作家撰写发表的第一部以南京大屠杀为题材的长篇小说。

这部小说的叙事,以南京屠城的蒙难者陈英谛的第一人称日记体展开。在一九三八年"九一八纪念日"当天日记的开篇处,"我"发现日军情报官桐野对七年前的柳条湖铁路爆炸事件实为日军自导自演的事实竟一无所知,于是错愕不已,由此发出了这样的受难者视角的感慨:

> 除日本人之外的全世界人都知道的事,他却不知道。如此看来,南京的暴行事件恐怕也不为一般日本人所知。如果不去抗争,我们连"真实"都无法

守护,也无法将它告诉给历史学家。

上世纪末以来中日政府及民间在南京大屠杀的历史认知上日趋拉大的差距,确凿印证了这段感言的预见性。同时,在这段历史面临记忆危机的严峻现实的反衬之下,如此坚定地守护历史真实的受难者的声音,实则出自一个日本作家六十多年前的文学书写,其远见和勇气就愈加显得可敬可贵。

作为一名战后派作家,堀田善卫在人生经历与创作题材方面,都与中国有过深度的接触和交集。二战末期的一九四五年三月,堀田善卫曾赴国际文化振兴会上海资料室任职,并在上海经历了日本战败。同年底,他被国民党中央宣传部对日文化工作委员会留用,从事文化工作,直至一九四七年一月回国。抵沪两个月之后的一九四五年五月,他同武田泰淳(日后同样成为战后派代表作家)曾一起游览南京。这次南京之行,成为日后创作《时间》的决定性契机。

回国后,堀田善卫连续发表了《祖国丧失》《齿轮》《汉奸》《断层》《历史》等一系列以自身的上海经历为基础创作的小说,并以朝鲜战争爆发为叙事背景的《广场的孤独》等作品,于一九五二年初获芥川文学奖。这一年《旧金山和约》生效,美军对日本的军事占领宣告结束,日本正式恢复了国家主权。

长篇小说《时间》的写作,起笔于一九五三年下半年朝鲜战争停战后不久,全篇在约一年的时间里写作完成。构成全篇的六个章节,曾以"时间""诗篇""山川草木""受难乐章""存在与行为""回归"为标题,自一九五三年十一月至一九五五年一月间,分别刊载于《世界》《文学界》《改造》等三种不同的综合期刊。一九五五年四月由新潮社出版了单行本《时间》,这一年正值日本战败的十周年。

前后一年零九个月的在华经历,使堀田善卫的文学创作呈现出不同寻常的写作特质。他能够在自己的作品中,借助来自于外部的他者化视角,反观日本侵略对中国的加害,自省日本的战争责任。《时间》就是这种创作意识非常突出的作品。这部作品的写作之际,虽然在南京审判战犯军事法庭和远东国际军事法庭上,都曾对南京大屠杀的罪行进行了审理和判决,但那场劫难的被害者的声音却被压抑和屏蔽于公共传媒与公众话语的背后,更没有传达到海外。堀田善卫很早就意识到该事件作为侵略战争中最为血腥和残暴的一幕,必将成为战后重建中日关系的一个焦点与核心性的问题。因此,他在公开出版的相关资料极为有限、历史研究完全处于空白的情况下，多方搜集和查阅了各类文献，构思了这部告发日本战争罪恶、传达大屠杀受难者声音的文学作品。尤为重要的是，堀田善卫参照了远东国际军事法庭的庭审记录中检方举证南京大屠杀的第一手资料，因此，小说中的很多场景都是依据其中的举证事实写作的。主人公蒙难经历的部分细节，就依据了南京大屠杀幸存者的法庭证词。堀田善卫还特意让东京审判上出庭作证的检方证人美国医生罗伯特·威尔逊、原金陵大学历史学教授迈纳·贝茨（贝德士）、美国传教士约翰·马吉，以及他们的证词中多次提到的原南京安全区国际委员会主席约翰·拉贝等第三方的见证者，以各自的真实姓名和身份出现在小说中，还原出了历史现场特有的真实感。

为了对那场惨绝人寰的事件展开可信的叙述，小说选取了第一人称日记体的叙述策略，作者设定了从年龄（三十七岁）到人生阅历、知识程度都和自己大体相仿的陈英谛作为叙述者，他在南京沦陷后的浩劫中历尽劫难，家破人亡。小说通篇由他在屠城前后跨度约十个月间的日记构成。

身为侵略战争发动方的日本作家，却选择了被害方的中国人视点,叙述蒙难者的心灵创伤,见证加害者的暴虐无道,这是小说《时间》作为一部日本战争文学作品的最为独特之处。这种视角的对调,若非有正视历史的良知和自我批判的勇气,以及对于他者的想象力,便难以为之。作家在写作过程中,需要不断努力克服自我局限,超越个人的身份与视野,穿越时空去换位思考。

小说主人公陈英谛,是在民国海军部任职的一名文职官员,在司法部任职的哥哥携家眷随政府部门迁往汉口,陈英谛和临盆待产的妻子莫愁及五岁的儿子英武一起,留在了已被日军包围的南京,并接受了为政府部门收集情报的任务。陈英谛一家和南京陷落前从苏州逃难而来的表妹杨妙音,共同亲历亲见了日军入城后的百般屈辱与危难。在辗转进入金陵大学难民区避难后,陈英谛被日军认作军人,强行拉到西大门外集体处决,全家人就此离散。怀有身孕的莫愁与腹中胎儿,以及沦为街头乞儿的英武,都惨死于日军的暴虐,陈英谛在集体屠杀中侥幸逃生,在逃亡路上被日军征用为挑夫。数月后,陈英谛终于逃回城内,发现自家楼房被日军情报官桐野占用。陈英谛以充当桐野的伙夫为掩护,利用外出机会与地下情报员联络,夜间秘密发电向重庆传递情报。陈英谛的伯父却充任伪职,与日军勾结贩卖鸦片,坑害同胞。几个月后,在假扮磨刀人潜入城内的中共地下工作者的帮助下,找到了遭受日军轮奸后自杀未遂的杨妙音的下落。身患性病及海洛因中毒症状的杨妙音被接回陈家,在接受治疗的过程中,她渐渐恢复了生存意志,和磨刀人策划共同逃出南京。

在按照叙事时序梳理出来的这个概要性的情节链之上,构成作品血肉的,是身处劫难之下几度死里逃生的主人公的心路历程和精神告白。他以不懈的思考深化人性认识,确立直面残酷现实的主体意识,在精神伤痛的自我救治中升华苦难体验。因此,关于敌我双方的观察审视,对自身境遇的体味自省,关于人类与战争、生命与死亡、人性与道德等哲学命题的深思等等,占据了大量篇幅,使作品具有了"思想小说"的倾向。在蒙难者和记录者之外,主人公的思考者的一面,同时也是作者本人的分身与自我投射,堀田善卫借主人公之口反复自问:"为何一定要将如此的惨状记录下来呢?明确地说,那是为了我自己,为了我自身的复生。"这里的"我自身的复生"对于主人公而言,意味着他在目睹了人性扭曲的暴虐与邪恶后,直面民族苦难,重新获得生存勇气的精神"复生",同时,对于作者而言,则意味着对自己身为加害国国民的道德责任的自觉担当与自我救赎。

本部作品写作的立足点与出发点，自然是战后不久日本与国际的政治与社会现实，惟其如此，作品呈现出的观察与思考，与冷战初期的时代语境密切相关。就其对历史的感知与领悟方式而言，注定与大屠杀蒙难者的实际感受会有所不同，也不可能同被害方的认知取向完全吻合。这部作品的意义，首先就在于其独特的叙述方式与视角。作家超越自身的身份与视角的局限，以趋近极限的文学想象力让自己身处历史现场。设身处地直面人类劫难，感同身受正视战争加害。以反思战争为前提的这种视角转换的努力，其意义不止于一次写作的挑战，也是对历史与战争深化思考的思想实践。因而，在日本战后文学史上，《时间》也是战争反思方面具有深度的作品之一。

在小说的整体叙述中，紫金山、长江、明孝陵神道的石人石兽、马群小学的旗杆等被赋予象征意义的景观与物象都曾反复出现，有效营造出历史浩劫之下特定时空的丰富的意蕴表达，寄意凝重而深远。陈英谛妻子的名字"莫愁"，也构成了金陵古都的换喻。而陈英谛在残垣断壁之间偶尔看到的一尊烟气蒸腾的黑鼎，更成为通篇文字中最核心的意象。黑鼎上方，犹如"人的血液和脂膏化作蒸汽，烟气氤氲地向空中升腾"，"仿佛象征着这一瞬间的、世界上的南京"。这无疑属于典型的象征化的文学修辞。然而,陈英谛却曾明确表示,记下这部日记时他所留意的,就是决不使用文学的话语修辞去记述,因为庸俗化的文学修辞,有可能削弱叙事本事的真实质感。当陈英谛遇到了那尊黑鼎后,便决意用"鼎的话语"记述所见,因此,小说中的象征性话语实为主人公自我定义的"鼎的话语"。在他看来,"如果不以那尊鼎为支撑,接下来要讲述的后续的事情是根本无法开口,也无法下笔的"。进而,这尊鼎又让他有了这样的感悟:

> 正如面对历史上发生过的所有事件一样,我们是无法彻底了解此刻从南京的这尊鼎上升腾起的蒸汽的具体含义的。可是,只要有去了解的意志,我们就可以作为一个提问者,成为对话者的一方。

叙述者在无意间将单数的"我"转换成了复数的"我们"。细细品味,这段叙述更像是对于不分国界的后世之人应该如何面对那段历史的具有启悟意图的提示。鼎既意味着对历史性时间的永久性的铭刻与凝固,同时,也是后世之人以自我的良知与智识跨越时空对话历史的具有象征意义的媒介物。如今,坐落于侵华日军南京大屠杀遇难同胞纪念馆的国家公祭鼎,是二〇一四年首次国家公祭仪式上揭幕的,其两耳三足的形制与小说里的鼎完全相同,恰如小说中的那尊注满罹难者的血泪而沸腾的黑鼎跨越了世纪,在劫后的废墟化成的祭坛上重现。国家公祭鼎上,也刻有"昭昭前事,惕惕后人""永矢弗谖,祈愿和平"的铭文。

不论在堀田善卫的创作中,还是在日本战后文学史上,《时间》都具有特殊的时代意义和文本价值。发表后也曾得到过日本国内部分评论家的高度评价,但因日本文坛及评论界对于这部小说的刻意沉默和集体失语,并未引发应有的热议和关注。南京大屠杀史研究专家笠原十九司曾指出,如果《时间》成为畅销书或被改编为电影,有可能对日本国民的战争认识产生影响,让南京大屠杀成为日本人的战争记忆的一部分。但实际情况恰好相反,在一般读者的文学阅读及文学史叙述中,《时间》都遭受到长久的漠视与遗忘。二〇一五年岩波书店将这部长篇小说收入"岩波现代文库"中再版,时隔数十年后,《时间》终于重新进入日本读者的阅读视野。

本译本得到堀田善卫之女堀田百合子女士和岩波书店的授权翻译出版。

一九三七年十一月三十日

我将家兄送到了下关的海军码头。

挤满甲板的船客里,有不少是家兄供职的司法部的官员和家眷。将要随政府转移到汉口的这些人,全都灰头土脸。他们平素一脸庄严地身着法衣,处心积虑地维持着司法官的威严,即使是宣判死刑时也能心平气定。可此刻,鼻翼上沾满黑垢却也全不在意。不是不在意了,而是他们的鼻翼上沾满黑垢、正心焦意乱、气喘吁吁,不管怎么去搭话,都顾不上回应。其惊恐万分、魂不守舍之状一览无余,可是,不可思议的是,家兄和船上的官员们,对我们这些前来送行的人们,对我们这些将要留在正一刻刻陷入危局的南京城里,或还没有拿到船票的人,时而投来一种饱含怜悯或蔑视的眼神。能够逃离南京难道就有什么了不起吗?拥有逃离的特权就可以蔑视不得不留下来的人吗?

无论怎样愤慨,也无济于事。而且,那些正要逃难的大部分船客,也显然不是有意识地露出那副眼神的。可是,家兄英昌那时的眼神,却决非无意识的。他带着妻儿家仆共十二人进了一等舱后,拿出一副傲慢口气对我说的话,让我耿耿于怀。

"我奉政府及司法部的命令去汉口,你留在南京,一定要守护好祖先的灵位,还要看护好家产。你虽然在海军部任职,毕竟只是一介文官,一旦海军部下达撤离南京的命令,你就马上提交辞呈,辞掉职位算了。你只管留在家里,看管好家产,不要让家产缩水。……"

再怎样愚弄人也要有个限度。日军已经形成了对南京的包围,马上将发起总攻,这种时候,谁能保证看管好家产?不仅要看管好,而且还不能缩水,不能缩水,也就等于说还要有所进益。南京即将落入日军之手,之后却还想让家产有增进,怎样才能做到这一点,身为司法官的家兄陈英昌难道不清楚吗?如果对此心知肚明,却还对我那样讲,我真恨不得他干脆掉进长江淹死算了!两三天前就听说,有人上了船后,惊魂乍定却神经错乱,径直走向另一侧的船舷，纵身跳进了长江。如今看来，发生这种事也不足为奇，甚至已难以勾起人的恻隐之心。乘上船的人和没乘上船的人，如今俨然已经处于两个不同的世界。也许正因为如此，我能够冷眼望着他们。虽然，表面上也对某个熟人顺口说了句"一路顺风"，但真实的想法却是"滚你的蛋吧！"我对在这种非常状况下依然端着法官架子的家兄感到憎恶，对依然是一副豪门之家的家长模样的陈英昌，感到憎恶。

随着锣声响起，虽然这令我自己都备感羞耻，但还是在频频互道过"一路顺风""后会有期"之类的轻飘辞令后，我走下船，在码头上信步游荡。

自从今年夏天，即七月七日日军在卢沟桥挑起战端之后，我还是第一次来到江边。如今，终于有时间能从容地徘徊在这里了。我不禁感慨，"白相"（散步）可真是一个绝妙而又美妙的词汇！

当回过头来看到耸立在城外的紫金山时，我的背脊上立即滚过了一股寒流。这座草木不生、险峻雄浑的砂岩山体，名副其实地映现出紫色和金色，显示出一副帝王的风范，又如同把人间的一切悲欢都拒斥在外的历史本身一样，耸立于江南的旷野之上。不经意间，我被它的凄切之美彻底打动了。我有了一份确信，那就是南京即将落入敌手,而且同时更有一份确信,终有一天它必将再回到我们手里。

此时,超脱了周遭的微暗和嘈杂,在夕阳下身披帝王之色的紫金山,在我眼里成为近乎宗教般的存在。那座紫金山,纵然在人类的历史终结之后,地上的生物全部消亡之后,依然会以柔美的轮廓上涵括一抹险峻的姿态,存在于天地之间。中国的自然,不论是玄武湖、西湖那样的人工景观,还是像这座山峰一样的纯自然景观,都包含着一种拒人千里之外的东西。包含着不论史前或是史后,都一成不变的某种无情的元素。如果你想看一看史后(我不知道有没有这一词汇)的自然、史后的风景,那么,就请在深秋的傍晚来到南京,然后站在玄武湖前的城墙上,或者站在玄武门的城楼上去眺望一下紫金山。

那样,你就将在那一刻的光耀之中,看到距今数万年、数十万年以后的,同时也是那之前的风景。对于那片山峰来说,时间从初始之时就是冻结的。丝毫不为人所改变的、那种纯然的自然,让我深爱不已。

我们用坚厚的城墙,将这种既为史前亦为史后的严酷之美抵御在外,用城墙守护住了自己的血肉,也守护住了我们的精神。城墙,不仅是抵御敌军,更重要的是为了从无垠的旷野和兀自耸立的岩石的硬质之美中，守护住人的肉体和精神而存在的。……紫金山的背后，此刻正埋伏着日军。

日军也必将会被这里的自然拒斥在外，最终被赶出中国。也许，他们会一次又一次地卷土重来。可是，他们能够占有这种严酷之美并与其共存下去吗？决无可能！

我没有去过日本，也不会读日本那种独特的多以曲线构成的文字。虽然家兄英昌是东京帝国大学的法律学士，但我对日本并无了解。只不过，通过家兄的谈话或是明信片、画报上对日本的自然稍有领略。那里的山峰被茂密、厚重的近于黑色的墨绿色所覆盖，仿佛发散着浓厚的树液的味道。那种自然和我们的自然全然不同，是允许人类亲近的自然。习惯了那种自然的人，不可能理解我们的精神是怎样和自然斗争的。日本的造园法原本也是从我们这里学去的，但我们不像他们那样，以与自然的一体化为理想，我们是在与自然的斗争，在对自然的抵御之下，建构起自己的历史与精神世界的。

他们是不会理解城墙的意义的。万里长城，其实也是一种精神意义上的存在。无论怎样一个专制的绝对君主,也不可能仅仅为了利益的防卫,而付出那样大的牺牲的……

周遭的暮色已经西沉,长江以剧烈的流速流动着。紫金山也被笼罩在夜色之中,惟有山巅此刻泛着鲜红的光,山顶上的革命纪念塔,如同一把刺出的匕首。

几声宣告启航的汽笛鸣响传来。到了傍晚时刻,客船一齐出发了。客船需要躲避空袭,为此却甘冒因江底潜流的剧烈变化而触礁的风险。贪婪的家兄的安危,对我来说早已无所谓了。

我想坐马车或黄包车回家,于是,从江边走到了南京站,途中,听到了嘭、嘭的沉闷的炮声,好像是从水底深处升出的巨大水泡在水面破裂了一般。那似乎还离我们很远,然而,不出十天,那种慵懒(不知为何会有如此的感觉)的声音,就会在眼前喷发着火光炸裂开来的。站前既没有马车,也看不到黄包车。实际的情形是,站前广场上,到处是满载了全部家当或女人、孩子的马车、黄包车、汽车,却很难看到一辆空车。即便有了空车,也会索要相当于平日的百倍的车钱。我在片刻之前,通过眺望远山,刚刚获得了一份深远的平常心,这时却要支付相当于平时百倍的车钱,这有违于我的一贯原则。因此,我穿过挹江门,步行回到了海军部。

十二月三日

南京已经被彻底包围。敌人已占领了镇江、丹阳、句容、赤山湖、溧水、秣陵关等南京周边的城镇，前天还发动了空袭。我军陆续从前线撤退下来，士兵们走过市区时，仿佛不知所往地拖着沉重的脚步。这就是溃败。南京市内的人口，有人说有五十万，有人说有一百万。人们都不会惊异于两者之间的巨大差距。常住人口约有七十万人，而此时从市内逃出的和抱着某种希望进城的双方都达到了一个巨大的数字，确切状况谁也说不清楚。

有传言说，蒋主席和夫人都转移到了汉口，经过去海军部上班时证实，那完全不是事实。听说敌人派出的密探已经潜伏在各处。我在院子里烧掉了一些文件。去交通部办事时，顺便走进相邻的司法部，想去报告一下家兄陈英昌已顺利撤离，发现所有的部门都在焚烧文件。溃败似乎是从焚烧文件开始的。所有的部门都不见人影，如同走入空谷一般。回来时，从中央党史史料陈列馆门前经过，大部分的史料，应该已经转移到后方了。此后，就该是我们自己成为史料的阶段了。陈列馆的大门上挂着"邵委员国葬典礼办事处"的牌子。"国葬"大概不会举行了,只要不先办国家的葬礼就算万幸了。

我将自己最后的公务——焚烧文件做完后回到家里。路上遇到了伯父。伯父就职于市政府卫生部,他不知从哪里听说,前天空袭时迎击敌机的战斗机,是从汉口紧急调派来的来自于苏联的援助。他讲这话的时候,两只眼睛放着光,同时挥动着双手,手指青天。我不是不能理解伯父的兴奋,但却有一种异样的感觉。我感到,这个讲话时总在嘴角上挂着黏黏的白沫的伯父,已经被苏联的战斗机所入侵了——虽然这是一种怪异的说法。当危机逼进之后,我发现,实际上有各种各样的异物开始入侵到我们的内部。我们,在时时刻刻地转化为女性般的存在。勃起的男根、大炮正以这个被动状态的城市为目标发起进攻,试图侵入进来。想到这里,不禁让人气短。但心中的男根,决不能失掉。

心情郁闷地往家里走。心情郁闷,可能是因为我看到了运送伤兵的货车,嗅到了血腥的关系。我第一次感觉到,恐惧开始间歇性地烧灼胸口。

各机关都已人走楼空,那里的活动已经转移到了其他地方。可是,家兄一家离开后的偌大的空宅里,几乎听不到任何声响,实在让人难于适应。在一片空寂之中,我思考着机关里的事情。机关,或者说权力这种东西,实在是个抽象之物。国民政府海军部的职能,转移到了汉口。大部分职员也都转移了。于是,海军部就不存在于南京了。话虽如此,却有难于理解之处。因为,敌人正是以这个抽象的职能为目标,为了征服它,所以要进攻南京。权力,也实在是一种面目怪异的东西。它即是最抽象的,也是最现实的。与之相同的东西,也理应存在于敌军的背后。在军队这一肉体结成的集团内部及其背后,驱使他们去战斗的某种抽象的、视几百万人的生命于不顾的能量正在发散出来……

也许思考这些问题本身,就是已成为一座空城中的居民的明证。可以确信的是,如果此刻不去思考,一些事情就将永远失去思考的机会。此刻,我处于权力的磁场之外。今天,我已经从那里彻底离开了。因此,我只承担来自于权力下达的命令、以及缘于自己的承诺而必须承担的任务。磁场的中心,已经转移到了遥远的汉口。

我的任务,是和敌人有关的。

此刻如果不去思考的话,敌人攻入首都之后将会怎样,就将难以预料。几天来,各种事情、现象已经确凿无误地显露出来。今天下午听伯父的谈话时,关于女阴和男根的联想,似乎是一个异常不祥的前兆。

妻子领着英武走进了房间,她已有九个月的身孕,英武今年五岁。家兄拒绝把我的妻儿一同带走,我又求他只带走英武也可以,但也被他拒绝了。他的理由是,在和日军的战斗中,城内并不危险。果真如此的话,为什么他自己拖家带口地连用人女仆都带着一起都去避难?算了,再去想这些也是无益的。

"我们是不是离开这个家,在别处找个小点的房子,搬出去住更好呢?"

妻子对我说。

这话固然在理。这幢共有三层十九间房的空旷的楼房里,只有我们夫妻和用人是根本看管不过来的。可是想搬出去,又是不可能的事,因为说不定家兄已经布下了眼线,在监视我们是否在看护着房屋和家产。

"不知为什么,我总是有些害怕。已经联系好了接生婆,她只要一接到电话,马上就能过来。"

她面色苍白,剪短了的头发掩住了面颊,面颊的两侧被紧闭的双唇紧紧锁住。

"那就好。"

"我担心会不会发生抢劫。"

"日军吗?"

"不,那之前也可能会有难民……"

"噢……"

一切都无从知晓。此后会发生怎样的事,一切都无从知晓。抢劫,也许会发生,也许不会发生。日军也许干得出来,也许干不出来。难民们也是一样。或许,关键问题是粮食和燃料。粮食和燃料,都并不充裕。我就看到过有的难民从一座空房里拿出了各式各样的东西,包括取暖用的暖气片和地板等等。拿暖气片是要干什么用呢?那个时候我就感到奇怪。地板想必是用作燃料的,或者是拿去搭建临时的棚子。

突然间想到的事情,让我不由得心惊肉跳。家兄是不是希望我们自行灭亡呢?也许,自行灭亡已是确定无疑的了。我也根本没有那种酷爱悲剧的情怀。

"当然了,万一有什么情况,这个家我就撒手不管了,随便我哥哥怎么说我,他是他,我是我。"

妻子终于露出了微黄的牙齿。

自从怀孕以来,莫愁一直说她的牙齿变得松动了。

"反正大部分贵重物品都放进缸里埋到地板下面了。"

我和妻子经常去莫愁湖畔散步。湖的名字取自于六朝时期曾住在湖畔的女诗人莫愁,我也以此称呼我的妻子。她的本名叫清雪。

"所以，日军进城之后，我们只要换上看门人的穿戴，装得像个看门人一样谨慎度日就行了。上边命令我的工作可以往后拖一拖，等我们安顿好了之后再着手。"

"是啊……"

莫愁和英武，就像戏台上的出场人物退场时一样，迈着不稳的、踏空似的脚步走出了书房。英武在门口处回头问道：

"爸爸，你明天早起吗？"

连日来积聚的疲劳，让我根本无法早起了。他们出去之后，我从书桌的抽屉里拿出了一张纸，那是日军致蒋主席的劝降书。上月二十二日的早晨，我去中山机场为撤退到汉口的上司送行，看着飞往汉口的飞机消失在空中。之后，我正在吃午饭时，突然间警报声响起，所有人都赶紧跑了出来。下午两点半左右，在中央军官学校的正上方，看到了敌机正在撒传单。我捡起了其中的一张。以一句"百万日军已席卷江南"开篇，写有"盖江宁之地乃中国故都，亦为民国之都城，明孝陵、中山陵等名胜古迹猬集。有宛若东亚文化精髓之感"。且有"乃至东亚文化亦有保护保全之热忱"云云。

这根本不足为信，我发自心底地如是想。只有白痴才会相信这样的话。可是，陷入被动的境地是一件多么可怕的事情啊。我必须用自己的精神力量,让自己从这种被动的境地中解脱出来,先不必去考虑国家、民族意志等等一味大而空的问题。

又听到了那种嘭、嘭的慵懒的声音。那声音近似于敲打一面蒙了布的大鼓。在某一处夜色中的暗黑的深渊里,正喷涌着火红的气泡。

一切都令人恐惧。虽然,我曾经有见证恐惧的真正面目的切身体验。但却依然感到恐惧。

十二月四日夜半

首都防卫,已然绝望。南京,如今是一座绝望状态的首都。The capital of despair……下面我用英文来写。那是我为了让心平静下来,特意选择的一个能够抗衡和深思的手段。

Miss. Y. came from Soo-chow……
……

杨小姐从苏州来避难。苏州是南京的咽喉。应该有十二万国军驻扎在苏州常熟一线,在附近的京沪(南京—上海)铁路沿线,密布着水泥构筑的碉堡阵地。建造这些阵地花费了三年的时间,但苏州城还是在上月十九日沦陷。

杨小姐是我的表妹。她进门的时候,我还以为是不相识的人进来了,因为我根本没能认出来是谁。她的头发剪得短短的,手脚和脸上到处都是伤,很多伤口都已化脓。在我看来,她的双眼已经近乎于一个老太婆。她说,走到这里整整花了十天时间。半路上还遇到了一场夜战,全家都走散了。

"其他人都还没到这里吗?"

她不安地问道。

"你们为什么没去上海呢?"

莫愁问道。

少女抬起眼睛,极为严肃地盯了莫愁一眼。只要去了上海,住进外国的租界里,战争就不存在了。中华民族正面临一个民族大迁徙的时期。或许,这位女学生在心理上,也早已开始向后方大迁徙、大转移。她的眼中所流露出的向往大后方的强烈意志,意味的是面向敌人前进的意识,和家兄的逃难性质截然不同。英武终于有了玩伴,所以十分欢喜。莫愁也很高兴,她的身子到了快不能动弹的时候了。

可是,我为什么还要先写出首都已绝望的话呢?那是因为杨小姐的讲述,让我深受震撼。

以下,是杨小姐的讲述。(已经决定不用英语写了,那样的粉饰没有任何用处。)日军在上月十九日拂晓,攻入苏州城。日军的进攻异常快速,正赶上连日降雨,道路泥泞。穿着雨衣守备苏州的国军,把日军当成了撤退下来的友军,很多士兵甚至走进了日军队列里一起行进。守备城内的士兵也开门让路,把他们迎到城里……

士兵之间竟然没有发生相互的杀戮,可是,这应该视为精疲力竭的悲惨民众演出的一出悲剧,还是一出喜剧?

第二天即二十日,经过了睡眠和饮食,疲惫的民众恢复了精神和秩序(?),重又回归到士兵身份之后,日军的行为让我感到万分惊恐。

杨小姐说,二十日早晨,一名敌兵将校带着二十多个士兵,闯入了以烧造精美的瓷器为业的杨府。这些官兵们,并没有怎样地粗暴——当然,这只能是一个带有讽刺性含义的说法。在士兵们的刺刀的保护之下,那名将校通过翻译下达了命令:

"你们家被我们接管了!"

杨小姐一家人被迫搬到了宅第后院的作坊里,所有的家具陈设一律禁止带出,理由为:

"我们有保护良民的生命财产的义务。"

每个人只被允许带出三件更换的衣物,以及做饭用的炊具。

那天午后,杨小姐从作坊阁楼的房间里,透过树荫俯瞰着宅第的庭院。庭院里架着机关枪,粗矮的日本兵在认真地整理(!)房间里的东西。不多久,他们把枪也运进来了。接管到底持续到何时,具体的期限也没有被告知。

对面二楼的窗户里,有东西闪了一下,杨小姐起初以为是火光。随后,传来瓷器掉落到庭院的青石板上碎裂的声音。一个、两个、三个,杨小姐数着声音,走出阁楼,登上了屋顶。她想看得更清楚一些。杨小姐的母亲厉声警告她,站在那里可能会遭到枪击,被当作奸细可怎么办?可是,庭院里传来的碎裂声,终于让她母亲沉默,让她父亲、弟弟以及用人、匠人里的大多数人都攀上了屋顶。

在宅第的二楼,保存着她父亲精心烧制的瓷器中特别中意的三十多件——其中包括了一搂粗、甚至两搂粗的大型的瓷器物件,他向来不做小件。

那个戴着黑色赛璐珞边框的眼镜的将校——日本人究竟为什么都戴着眼镜,而且都戴黑边眼镜呢?那名制服穿得端端正正的将校,正把放在露台上的瓷瓶一个又一个地慢慢地抱起来,然后再扔到庭院地面的青石板上。杨小姐说,当时的场景就像高速摄影机拍出来的电影一样。她还说,那仿佛就像一个遥远得难于理解的、异常遥远的事情发生在了自己的眼前。她的感受,和我从炮声中感受到了慵懒,应该有某种相通之处。那名将校表情镇定,像是在举行一个庄严的仪式,将瓷器高高举过头顶,小声发出"呀"的一声咒语后就扔了下去。在听杨小姐讲述时,我好像也听到了瓷瓶落地的声音。露台的瓷瓶摔完后,再从房间里往外拿。不多时,士兵也走上了露台,他们都沉默着拿出瓷瓶再摔下去。无可回避的瞬间终于到来了,一场沉默的庆典演变成了有响声伴随的破坏行为。酒被搬运来了,饭被搬运来了。夜晚,也被搬运来了。不断发出惨叫的生物也被拽了进来——那是女人的惨叫声。

杨小姐一家当晚逃出了作坊,第二天一早,就加入到了难民的行列里。

我刚才写到,我曾有过对恐惧的切身体验。但那可能并非是恐惧,而是惊恐。十年前,确切地说是一九二七年四月十二日,蒋介石在上海,对此前和他共同战斗的工人、学生组织给予了残酷无情的镇压和屠杀。那时候上海的街道、上海的黑夜,仿佛是一艘再也不会浮出水面的巨大的潜水艇。在已宣布戒严的街道上,我像一只老鼠,在一个又一个的朋友家之间逃窜。黑夜、街道、建筑,本应无害的一切物象都幻化成了生命体,它们在用一只只眼睛盯视着我。我感觉到,黑夜仿佛有亿万只眼睛。道路和建筑,已经失去了实际的功用。那时我还是一名学生。脚下的大地渐渐变成了阶梯状,在阶梯顶端,已经架起了绞刑台——我做了这样一个梦。或者,自己已经从背后中弹,却还在拼命地挥动铁锹挖坑,为了自己能够最终埋在里面。——这样的梦,我也做过。即便现在,我也经常会做这样的梦……

然而,彼时与此时,还是不同的。此时来自苏州方向、来自于方方面面的包围的有如高速摄影的电影镜头一样缓缓逼近的恐惧,是一种集体性质的恐惧。它并非针对我一个人、也不针对哪一个特定的瓷罐、瓷瓶,而是要将我们全部,要将全部瓷器一网打尽。那种集体性质的恐惧,正来自于如此的预感。杨小姐的话令我震撼,特别是,那个将校始终没有表示出丝毫的狂热,反而是默默地去摔碎瓷器的神态。

也许是我想得过多了,我认为,那不是日本人是否了解中国文化价值的问题,甚至也不是日本人究竟是不是戴着眼镜的鬼子的问题。也许那个将校,是以一种与茫然自失截然相反的心如明镜的心境,抱起那些瓷瓶摔下去的。他部下的士兵们蜂拥而上,可能反而让他心里的镜子蒙污……空想总是没有限度的,特别在这个被包围起来的城市里,我们也许都是靠空想活着。此刻的自己,仿佛正在面对一种无可回避的事态。杨小姐的话,带给我异常深刻的印象,让我如临其境。

无法预测此后南京将会发生什么。但不论发生什么,那种报道了日军在上海的野蛮行径的报纸式的报道思路是行不通的,因为那将来不及应对发生的事情。为了在这场发生于中国的文明与自然中的战争中取胜,必须对所有的一切,对敌方与己方的一举一动都有一个正确的、本质性的认识。

在这一意义上,杨小姐正确认识到了事态的状况,而且选择了一个恰当的时机逃了出来。恐怕,是她第一个在家里主张要逃出来的吧。她属于新的一代,具有新一代人的精神。

十二月五日

寒冷。

食品(包括美国牛奶)。

燃料。

只够两个月。

做什么都无济于事。真希望莫愁腹中的孩子能快一点出生,但愿还能赶得上(可究竟要赶什么呢?)。可是,莫愁身体的自然节奏,和日军的进攻一样缓慢。

让杨小姐帮忙确认了家中所有的门锁。整幢楼里需要上锁、用钥匙打开的地方,竟有六十八处。

杨小姐暂时住在家里,等汉口的家兄有了消息后,她再考虑是否启程前往。莫愁终日背靠着一个软绵绵的洋式枕头,在床上打毛衣,并大口地喘着粗气。

街道因难民和撤退下来的军人的增加而不断膨胀,又因有不少人撤退到后方而萎缩下去。这个城市,像把风口对着长江的风箱一样,炮声正不断踩踏着这个风箱。听说,一部分外国人和富商们一起设立了难民区。

回想起作为一名平凡的文官任职的八年,我不禁对自己身处的环境感到厌倦。海军部,实际上就是一个海军公司,或者可以叫 Naval Company(造船公司),和管制海上交通的黑社会也没什么不同。家兄任职的司法部,更是如此。可是,任何一个国家的政府,都必然会有黑社会性质、赢利公司性质的侧面。现在,我对那种体系已经厌倦了。不过,对那帮让我感到厌倦的家伙,我依然在心底有一份个人对于同类的眷爱。

我要在日记里毫无保留地留下见证,为此,我自己必须拒绝一切的不端和妥协。可是,一切到底又是什么?我自己的过去,也并不全是光彩之处,也充满了背信的阴翳,充满了罪恶、病菌,充满了自然的原态,甚至有腐坏得散发腐臭的地方。我必须与之搏斗,必须睁大眼睛去仔细观看。为此,一个巨大的机会,伴随着连续传来的迟钝的炮声,正在一步步逼近而来。

走过一座大门敞开的佛堂前,我下意识地双手合十。里面的佛像没有鎏金,佛像的白色面庞上,红色的双唇、黑色的眉毛、头发都栩栩如生。看着这座佛像,让我不禁感到,精神世界也许是一个比现实世界更为血腥、更为残酷的,混杂了血液和精液的领域。不带一丝血液和精液气息的所谓的纯精神的东西或者思想,切莫去轻易相信。基督的血、欢喜佛,则属反例。

例如五百罗汉,你要相信,他们怪异的表象其实是最为现实的。只有怪异的,才是永恒不灭的存在。紫金山就是只有在广袤的大地上才有可能栖息的恶魔。

今天,下决心去看了牙医。倒不是因为牙疼,而是假牙松动了,所以去补一下。回家途中,我一直想着牙疼这件事。牙疼之人恐怕在死的时候,或者在被杀前的一刻,也还会感觉到牙疼。也许,他人生的最后知觉,也只有牙疼。牙疼可能会成为连接生死的桥梁。如果在平时,对思量这种事情的人,我会嗤之以鼻地说:"简直是笑谈!""你是不是不正常?"可现在,我感觉到,已经分不清笑谈和正谈的区别在哪里了。

现在的我,抑或说我们这些被困在城里的人,也许正是最适于思考的状态。我们正等待着某种事态的到来。那种事态,是随着日军的进攻而降临的某种状态。而且,只要我不失去自我,那么,此后发生的,就将是最具精神性质的事件。

十二月六日

市内几个地方,发生了较大的火灾。我家附近,只有稀稀落落的几幢洋楼,只要不是自己家中起火或被炮弹击中,暂时没有火灾之虞。

对面那户人家从早晨起,一直在清理池塘,不清楚是什么用意。战火已经临近,炮声在城内城外隆隆作响。虽是只是一个小小的池塘,可是这么冷的天气里去捣腾冰凉的池水,让人不解。人做出的事情,真是难以理解。不一会儿,他家就给我家送来了草鱼和乌鳢。

　　因为听到了叫喊声,我紧忙推开铁门,去看对面的清理情况。这家的大少爷是一名少校,本应随军出征,但他却和家里的仆人一起下到塘底,正在浑身泥水地大显身手。是军队解散了,还是临时休假回来的?池塘里还游着最后一只巨大的乌鳢,长有三尺多,他们正在追赶它,用棍棒击打它的头部,试图把它打死。可是,一个仆人却被这只大乌鳢刺伤了。

　　乌鳢流着血,溅着泥水,想潜入更深的池底,可让它失望的是,再也没有更深的池底了,它已经在池塘的最底部。乌鳢拼死挣扎,泥水四处飞溅。大少爷的妻子和孩子也都出来看热闹。被刺伤的仆人用水洗去了血水和泥水,连连说池底太可怕了,不想再下去。这个仆人的脸色像被漂白了一般的煞白。突然心烦意乱起来的大少爷从池塘里上来,丢掉了棍棒,进到家里。不一会儿,他拿出了手枪,向乌鳢射击。

　　简直是毫无意义的杀生。为何要毫无意义地杀死池塘里的乌鳢?我虽然不是什么迷信之人,但我想,那家人一定会遭到报应的。如今我们自己,和那只被清空池水的池塘里的乌鳢也没什么区别。

　　心情沉重地回到家里,再从窗户往外看时,他们正把搬出来的瓶瓶罐罐往池塘里埋。原来如此!

傍晚,在卫生部任职的伯父来访。他仓皇而来,仓皇而去。他的嘴角泛着粘稠的白沫,一个人喋喋不休地讲话,讲完连再见也不说,转头就走。他离开后,空气因他留下的一个个不祥的流言而变得污浊。想必,他一天里就这样窜了一家又一家,在哪里都是同样地唾沫飞溅、口若悬河。这有可能就是他的工作,他是为了消除自己的不安。他说空袭时有人放出白烟,给敌人传暗号;现在,城中一定会有人给日军作内应;听说去汉口的避难船都沉没了;难民袭击了米店等等。或者,他会压低声音说,日军在占领了城市之后,会把十五岁以上的青壮年用铁丝拴在一起,用机关枪去扫射;即使被几率极低的幸运所眷顾,能万幸地活下来,也要被迫去充当苦力等等。

在我看来,这一切都是谎言。同时,这一切也都是事实。因为,我们这些困在城里的人,都只能凭借某种"期待"才能活下去。最坏的状态也许会来临的这种"期待",让一切可能都具有了现实性。几天前在眺望紫金山时,我异常亢奋,也许,正是这种"期待"在自己心中萌生的前兆。像伯父那样,可以说他俨然就是在"期待"着日军入城后的暴行。在他心里,那已经成为既成的事实……他仓皇地窜到一个又一个熟人的家里,是因为他讲述的事情,迟迟没有兑现为眼前的事实。他其实是在等待着。万一入城后的日军行为绅士、举止礼貌,真不知他会怎样地失望。不论是"希望",还是"期待",都是异常美丽的辞藻。从今天起,"希望"权且不论,对我们而言的"期待"一词,也沾上了白色唾液,"期待"就只是附着了唾液的那张厚厚的嘴唇了。我们不仅被日军所包围,同时也被我们自己的"期待"双重地包围着。

可"希望"又如何呢?国军仍在市内,而且,在不停地移动。据伯父说,守卫中山陵的连队组成了敢死队,接到了死守的命令。其他队伍,应该也在行动之中。已经能清楚分辨大炮发射的声音和爆炸声之间的不同了。城里应该已进入炮弹射程的范围内。

"希望"如今在后方,这是一种奇妙的距离感的倒错。山河光复的"希望",在一刻又一刻地向后方、向我们背后退却。在那些已经抵达后方的人看来,我们可能已经属于难于追回的过去了。日军正朝着不断退却的我们的"希望",亦即"未来"发起进攻。

自开国以来,像所有近代中国人一样,对我来说,"希望"是和渴望了解大海彼岸出口港舶运来的各种事物的热情,互为一体的。可是,如今日军却从海洋入侵而来,带给我们以绝望,"希望"却背对着海洋的方向,向中国内陆转移,一步步、一刻刻地返回到了根基之地。城市越来越欧化,乡村却永远是远古的面貌,这种不合常规的中国文明,如今迎来了深刻的 shake up、动荡、混沌的时期。城市里的学生需要去了解农民、了解中国,农民将会去了解城市之恶。中国人都将进一步了解中国自身的现实。像血液停止流动一般,"希望"退却到我们身后,敌人正要进入到我们的城市之中。在任何人看来,我们如今,都处于一种令人战栗的状态。

这种战栗,正是我们将在被占领后的黑暗中的需要点燃的灯塔。置身于战争现场的正中心经历战争的,不是撤到了大后方的他们,而是冷静地为他们送行之后的我们。有件事情,一直令我不解。似乎是远走的他们才去参加战争,而我们要经历的,不是什么正当名分的战争,因此,总有被封闭在一个自觉羞愧、心情沉重的大气圈中的感觉。统治者的更迭,必定会伴随着精神气压的巨变。以革命为手段的"解放"是一种怎样的心情,我是很清楚的。

当我们眼下的紧张与战栗不再持续,而安心熄灯的时候,当我们将这种状态视为无所谓的日常,当异常状况反而成为生活手段时,人就背离了自己。

这一危险,在我自己的身上也存在。刚才我一直在暗想,市民究竟是怎样的存在。这样去想,恐怕包含了对于让事态如此发展的那些领导着我们的责任者的愤怒、怀疑和反抗,也包含了对敌我双方发表了冠冕堂皇却毫无实际意义的演讲之人的憎恶……但这些,还是留待日后再讲吧。政府的首脑部门据说还留在南京,身为一介市民如果对他们持怀疑态度,会让彼此都不愉快。总之,在我的心中,有诸多的思想不能统一,它们只不过是签署了一个临时性的协议而共存着。

没有任何令人振奋的消息,为了让莫愁放心,我需要虚构出不实的消息讲给她听。这简直是在做情报处或者宣传处该做的工作,又让我想起了政府机关里的事情。

在杨小姐的眼皮底下,我对莫愁讲述编造出来的谎言,莫愁和杨小姐会时而相互对视一下。那简直就像政府机关的官厅、告示和民众、市民之间的关系一样,是一种以谎言为基础的稳定。如果说政府对战争爆发有感到惧怕的地方,那其实就是对于这种稳定有可能发生变化的不安。而这种不安,一定是存在的。恐怕这也是政府对共产党提出的建立抗日联合战线的要求迟迟不做答复的原因。

今天终于整理完家当,废弃物品和贵重物品如今已成为性质相同的物件。

明天起,我要去挖战壕。

十二月七日

今天,我当了一天的战士。我被命令去清理废弃的房屋,然后在那里挖壕沟。那户人家的房基石埋得格外深,当我挥锹去挖时,倒霉地把铁锹折断了。于是,遭到了年轻指挥官的严厉训斥。让人意外的是,那个年轻指挥官看到折断的铁锹,竟做出一副十分惊愕的神情。他似乎从来没有考虑过,在挖这么大一块石头时,工具会有可能损坏。他大发雷霆,几乎有杀人的架势。而且根本不容我辩白。我出于不赶紧挖好敌人就要来了,敌人来了就来不及了的想法,才拼力地去挖的。后来我意识到,他的愤怒有可能不是针对我的,而是针对那块石头和折断了的铁锹。所谓命令,是只有人对人才能有效下达的,习惯于下达命令的人,一定会丧失正确的判断力的。那名年轻士官的上级、上级的上级、上级的上级的上级,在这座金字塔的最上端的,到底是怎样的一个怪物?

不过,挖壕沟还是个愉快的事,因为挖得十分认真。因此,我也能推想,莫愁是心怀怎样的忐忑待在家里的。对我自己来讲,借用昨天曾写下的话,也正因为不安,正因为有许多不能统一的思想,所以才写下这样的日记。

外出做工,还感受到了另一件可怕的事情。

那就是,南京这个城市的状况本身,是不是就有招致某种恐怖的可能?

南京是中国的首都,国民政府的所在地。因此,敌人是否以为,南京必定是一个大都市,而且是极尽繁华的大都市? 其实,南京的实际状态,不过是一个地方城市。虽然历史悠久,和北京相并称也确有其中的道理。可是,当国民政府在民国十七年(一九二八年)四月将首都定在南京特别市的时候,南京的人口不过十七万人,产业也只有农产品,主要是鸡蛋和传统的并不高档的缎面、织锦的织造业,如今,人口据说有五十万到一百万之间,但是,市内有大片的麦田、桑田、池沼、沟渠、丘陵。以八米宽的中山路为中心线,铺装平整的道路如棋盘一样四通八达,可是,说起建筑……更多见的,还是池沼、水田。南京是一座道路有宽有窄、楼房有新有旧、高楼大厦和破瓦寒窑相混杂的,一个尚未建成的首都。除了有机关、学校、银行、外国公馆之外,基本上相当于一个三流的地方城市。

他们终将失望的吧!而当他们终于明白了即便攻陷了首都,战争也决不会终止,便会双重地失望的!

如果南京能像上海那样楼房规整,建筑不失仪容,或许能够压制住心底的暴戾。可是,在这个城市里,大型建筑物各自孤立,而且都已人去楼空。只有一部分史迹建筑,威仪尚存。

这个城市的一切,都让我感到了不祥之兆。而且我清楚,正是这种心理状态,最容易招致灾殃,但也无可奈何。

做了一天的土工作业,还有另一个感想。昨天,我写了关于事实云云的话。可是,事实,却是一个靠不住的东西。一个以长江为底边的被半圆形包围的城市,当士兵跑出去的时候,你根本不知道他们是在溃败、逃散,还是在进击敌人。只有拿着地图的指挥官,才能知道他们是在进,还是在退。可是,地图上的东西又能有什么意义呢?地图上只有抽象的符号而已。

我的眼睛是不是出了什么问题?将看得到的一切,都看成怪异的、变态的、无法解释的事物。

死尸,在石板路上横列着。还有气息犹存的,也被弃之不顾。伤兵和难民，相互混杂着在路面席地而卧。已经日渐显露出了城市收容能力的不足。

夜半，从汉口第一次传来了无线电讯号。状态不佳，空电较多。不过，马群小学的国旗旗杆还是发挥了作用。地下室清理好了。保姆洪妈是第一次上海战事①的亲历者，可以依靠她的经验。一大家子人反而要依赖一位五十八岁的老太婆，想起来也实在滑稽。

十二月八日

拂晓，被极近距离的枪声惊醒，我马上回头看莫愁，她也是身体一震后，惊慌地望着我。我沉默着从窗帘的缝隙处往外看，对面的大少爷夫妇带着孩子坐在轿车、卡车正要离开，是他试射了手枪。那个男人除了用手枪击毙乌鳢和试射一下之外，似乎再不想以任何方式参与战争。他开走的轿车、卡车，恐怕都是某机关或公馆偷来的，所以车牌号都摘了下来。看到我打开了窗户，他向我挥着手说"保重"，我便脱口而出地说了一句"一路

---

① 指一九三二年的"一·二八"事变，在日本亦称为"第一次上海事变"。　　译者注

平安"！

　　早饭前，我领着英武和杨小姐一起，在家的周边散步。当看到两里地远的马群小学升降国旗的旗杆，我的嘴角不禁微微翘了起来。杨小姐为我突然的傻笑感到不解，但这个秘密却一定不能说出来。那所小学，完全有可能被占领。在那所小学的高高耸立的旗杆上，也许会挂起世界上最欠缺美感的白底红圈的太阳旗。但是，那根旗杆，对我来说却有着其他用途。

　　虽然邮局里还在办理无线电报的业务，但却没有任何来自家兄的消息。杨小姐渐渐焦躁起来。我让她尽快决定，是留在这里，还是一个人去汉口。绕着家转悠了一圈之后，我望了望空无一人的对面的宅第，发现自己自然而然地产生了一种冲动。抢劫、放火、杀人……空房对人产生诱惑。人生活过的印迹越鲜明，越容易勾起心中的魔鬼跳出作乱。我不由得想起了那个摔碎瓷瓶的日军士官。

　　我真不知到自己会干出什么事情来，有一种不同维度的时间，正一刻刻逼近。在这一意义上，日军的前沿已经攻入到城内了。回到家里，钟声正好敲了七下。突然间，有如刚从梦里醒来一般的错愕。即使在这个被噩梦包围的世界里，人类世界所共通的时间依然存在。

"一、二、三、四、五、六……"最后一下的钟声响过,我感到了异常的疲惫。那是一种失望。也许,是因为我曾寄希望于最后的一声钟响,能让我从这种异常状态下解脱出来。杨小姐,还是决定留下了。

将莫愁交给杨小姐照顾,我又出去挖战壕。腿也酸,腰也疼,可还是劳动一下最好。战争,百分之几十九,都是要依靠劳动的。以为战争属于劳动之外,那就将贻误人生了。本想加入难民救济委员会,但昨晚接到联络,我被通知在接到新任务前不要担任任何公职,所以作罢。总之,能做些耗用体力的工作,是好事。但也有像伯父那样的人,本来需要应对多达数千人的有伤病的难民,却更乐于去到处散布谣言。他是不会在意钟表显示的是怎样的时间的。当前,不去在意也有成为一种力量的可能,因为另一种时间正在起主导作用。随着炮声的逼近,让人感到一种异常的亢奋。诗人已反复告诫我们说人生苦短,可人生是长还是短,已经不知道了。已经感觉不到时间的长短。也许,人生已经脱下了可长可短的时间的外衣。

军队的移动越来越频繁,也许用"流动"来形容更贴切。排成了队列的,没有列队的,五人、十人零零散散的等等。我在挖土、填装麻袋的间隙停下手来,便都会看到各式各样的士兵队列走过。习惯之后,每个队列看起来,又似乎都是相同的。军人看得多了,就只变成了一个数量。今天,我特别注意不要像昨天那样,再把铁锹折断。

下午四点左右,周围刚一开始暗下来,蒋主席夫妇乘飞机逃离南京的传言,就像突然刮起的暴风一样袭来。也不知道从哪里传来的,只感觉像突发的暴风吹来。传言犹如波浪一般,比任何命令都传播得更快。人们姿势的变化,正体现出这一点。千人以上的作业者,都在一瞬间停下工作,仰望天空。但是,天上根本看不到飞机的影子。我不免心生感慨,堂而皇之、毫不迟疑地坐上特权的宝座,在发布了千百条命令之后,一旦危难临近,就溜之大吉。这也许理所当然吧。特权,真是一种威猛无敌、让人感叹的东西。与之相比,为了保全性命、保全自己的微薄财产而东奔西逃的那些难民,只能以悲惨论之了!

这一传言传开后,人们挖土和运土的效率,眼看着缓慢下来。同时,监工的将校也一下变得暴躁起来。他似乎在宣告,从今天起他开始代理蒋主席的职权,真是可笑得很。值得注意的是,以此为开端,将校和土工作业者之间的距离急剧拉大,双方开始对立,甚至敌视。

将校怀着憎恶和恐惧面对手下之人,他向后退了两三步,看上去好像要沿着总统飞机飞去的方向撤走。某一类型的将校对于民众来说是极为危险的,因为他们不知何时,就会把民众和部下遗弃在危难之中,以忠诚的名义逃到他们的领袖那里。领袖则被那些苛刻地对待民众的将校和政治家所奉迎。

总统逃出南京的消息,应该是确切的,我对此毫不怀疑。这个消息传开后,一个命令下达到了做监工的将校那里,然后,有人叫我的名字。我过去后被告知,"你可以不干这里的土工活儿了。"将校微笑着说。他把我从奴隶中解放出来,让我加入到他们的行列里。是因为多了一个同伴,他才微笑的吗?他用泄露重大秘密般的口吻告诉我,"我们正在挖的,是反坦克堑壕。"危险已经逼近到城门外,(或许正因为如此)却仍有人在试图维护着身份和阶层。和"将校"去理论是非是徒劳的,在海军部担任文官八年的经验,让我对此十分清楚。

回家的路上,看着炮击引燃的一处处的火焰,我迫切地想再去明孝陵看一看。中山门外四公里处,在荒草中排列着石人、石马,包括象、骆驼等石兽、武官的石翁仲等。去看它们,是因为我想确认一下,自己惶惶不安的内心之中,是否还实际存留着一份类似于镇定的东西

（我将之称为类似的东西）。对那些怪诞的石人石兽，我没有任何的迷信之心，但却感到了一种激情，很想用手去抚摸一下垂直站立着的那些花岗岩石。明王朝灭亡了，清王朝灭亡了，历经了十数年的长发贼之乱，古都金陵的旧貌已经荡然无存。雕刻在石头上的象征物却成为自然的一部分，残留于荒草之中。虽已化为自然的一部分，但那是纯然的人工之物，曾与人类的命运密切相关。如果不是以那些石像作为精神上的后盾，我想自己将很难在今天的狂乱状态中保持理性，何况男人连孩子也生不了。理性与石雕的人兽竟能有关系，这是我不曾想到的。

黄昏，路中逢人，相互惊骇……我想起了伯父讲的一些事，日军把化装成黄包车夫的密探送进城里云云。一个人赶了一群牛，黑压压地盖住了宽阔的中山路，他要把牛赶到哪里去？

在街角处，一条大狗差点被我踩在脚下。南京城里，被主人丢弃的很多漂亮的狗，都在四处徘徊。

吃过晚饭（晚上吃的菜是昨天剩的草鱼、乌鳢。肉蛋的价格飞涨，已经买不起了），和莫愁、杨小姐说了一会儿话。莫愁挺着鼓起的肚子，只能像小脚女人一样走路。话题和平时一样，都是关于亲戚和熟人的消息。上海的英租界和法租界里的有钱人,一如既往地吃着五菜两汤,跳着交际舞,打着麻将;东北(满洲)、华北已经被日军占领,从上到下所有人都沦为奴隶;眼下,我们在不知明天会怎样的围城里战战兢兢,政府迁到了汉口,家兄却命令我守住家里的房屋财产。不仅能听到炮声,已经能听到连续不断的枪声了。我们,如今被自己的领袖所抛弃,敌军正一步步地登上统治者的位置。

这"一步步"的时间的质变,会给我们带来什么?炮声渐近,似乎已经能够把脚下炸开。

我们的谈话时而中断,莫愁一直在担心,能不能来得及分娩。

如果不久后,脚下就会被炸开,该从何处汲取和积聚克服这种恐惧和崩溃的能量呢?但是,不要质疑这种能量的存在!

男人,为了领悟到自己不是什么英雄,而不过是一个愚劣的普通男人,是需要有女人和孩子的。女人和孩子,能阻拦男人走向疯狂。

明天可以不必再去干土工了,所以,也就无事可做。想起这些,因心中忐忑而难以入睡。莫愁、英武、杨小姐都已经安静地睡了,但他们也随时都会在梦中大声喊叫起来。

又是一阵枪声,深蓝的夜色中,浮现着紫金山漆黑的剪影,在它的肩部能看到红黄色的闪光。那一定是钢铁中喷射出来的闪电,照亮了山麓下石人石兽的队列。在城墙外超越了时间而存在的自然的凝视下,今后的我们,将迎来怎样的时间……?

十二月九日

包括我自己在内,南京城内的一切都开始流动起来。周长五十六公里的城墙内,拥有五十万、也有说一百万残留市民、难民、士兵的南京城,开始摇动起来。当这种摇动剧烈得谁都无法站立,只有他们、即隶属于日军的人才能站着,才能成为站立者时,我们就将沦为亡国奴。那也就意味着,南京在日军的炮火下屈服、质变。

可是,细想起来,质变是怎样一件奇异之事?当然,没有不发生任何变化的质变。几千几万的生命成为牺牲,炮火将全市化为灰烬。而我们,即便是幸运地活下来,也将沦为"亡国奴",这真是件奇怪之事。比如说,我陈英谛,在主观上,不论被置于一种怎样的境地,都是以陈英谛这个名字而存在的这个我,可是客观上,我也是亡国之民中的一员,是沦陷区的一个居民,是处于奴隶般境遇的一名奴隶。而且,不论我如何主张自己在精神方面并不是奴隶,都改变不了我已成为奴隶的客观事实。可是,客观事实又是什么?恐怕,在这种时候,我们其实是在被单纯按照类别划分人群的思维方式所蒙骗。一种对于客观状况的理性认识,不论怎样无懈可击,仅从那种理性认识中,是无法产生出改变那种状况的激情的。在某种情况下,理性的、理论化的认识,反而令当事者更加无力,甚至让他崩溃。

日军入城后必定出现的合作者、即汉奸,恐怕会以无懈可击的论证,来说明他自己背叛的理由。然而,无懈可击的论证,是所有论证中最脆弱的。那是因为,无懈可击的话会让人生厌,让人感到过分的巧舌如簧。这其中,有某种……

也就是说,虽然不是所有人都如此,但我也和大多数人一样,已经预料到了即将到来的日军的占领,开始苦苦思虑如何在其统治下生存。

炮火、死亡、占领、亡国、属国、殖民地。

身处奴隶的境遇之中,该怎样以一种最远离奴隶的精神状态生存下去?我不相信什么本能的爱国心,或是爱国的本能之类的东西,那几乎就是一种恶。去动员组织这种恶的,是用兵之学。我在海军部担任了八年文官,所以对此心知肚明。用兵之学是与农耕技术一样最古老的、最发达的一门技术,有了这门技术,人类才试图用战争解决国际纷争。切勿成为用兵之学的俘虏。

而军人也是最古老的职业之一。

不必再去做土工作业,挖反坦克堑壕,所以今天一早又带着五岁的英武和从苏州独自逃出来的表妹杨小姐,在家周围散步,顺便打扫了庭院。扫在了一处的落叶中,有一些发着奇异的光、相互擦出金属声的物体。仔细一看,是碎玻璃片和炮弹的碎片夹杂在里面。于是,我又绕着屋子走了一圈,查看了全部的窗户,哪儿的玻璃都没有碎。这一带,楼房坐落得比较稀疏,没有能被炮击之物,但落叶中的夹杂物不容置疑地证明,哪里都没有安全之处了。

枪声、炮声,已经不想再写了。自从十一月的月尾,远远地听到嘭、嘭的"慵懒"的炮声以来,那已成为我们日常的一部分。起初,我担心这种枪炮声一定会给莫愁带来不良影响,每日每时,只要一有稍大的声响,我马上就会上二楼看一看。半夜在地下室的无线电发报机前执行任务时,也会竖起耳朵,听着有没有莫愁的喊叫声传来。可如今，仅仅过了一个星期，她就已经不那么在意了。莫愁自己也多少（这是个让人生厌的词语）习惯了。

作为日常的一部分，已经习惯了。——可是，细想起来，这是怎样异常的日常啊！但换个角度，再去细想，既然能够定义为日常的、普遍适用于所有人一般意义上的日常在人类生活中，是并不存在的，那么，显然也无法将现在的这种异常状态，视为极端的例外。毋宁说，这种异常，才是我们这个时代所处的日常。日常性这一词语，容易让人联想到和平的日常，联想到"帝力于我何有哉！"的诗句，但是，如果这一词语背后，隐含着民众为了限制权力的艰辛努力，那就意味着，与和平日常的美好想象相差甚远的异常状况，一定是存在的。过于刻意地区分日常与异常，也是徒劳。我正在拼力为树立自己的精神而活着。如果这样说有夸大之嫌的话，那也可以说，我是在付出着异常的努力。

我想起了几天前在街上看到的情景。一具穿着臃肿的棉衣的尸体横躺在那里。我看到在尸体的咽喉处，一团白白的圆滚滚的东西蹲在那里。厚厚的棉衣里露出来的只有脸、咽喉、手腕、手指，和脚腕的一部分。咽喉是其中最脆弱的部分，就在咽喉处，一只白色的软乎乎、圆滚滚的动物蹲伏到那里。那是一只猫。

猫咬破了尸体最脆弱的部分,正在啃食。

我勃然大怒,立即把猫轰走了。

那只猫跑到了五米远的地方蹲在那里,开始用舌头舔着粘在嘴边、脖子和前爪上的鲜红的血。

我一直死死地盯着那只猫。

血一点点被它舔掉,不到五分钟,猫又还原成纯白色。

如果那不是猫,而是人呢? 也许有人说,那是不可能的。能这么说的人,能够那样确信的人,是幸福的。这样的人也完全可以有,我不会对他们提出异议。

可是,如果那不是猫,而是人的话,那个人是不可能"还原成纯白色"的。正因为是人之所为,才不可逆转,正因为是人之所为,才无可挽回。或许,动物也有"糟糕了!"的感情和恐惧。可是,动物应该没有"无可挽回"的价值判断。正因为我们的一切行为都属于"无可挽回"的行为,所以,我们才拥有"历史"。

然而,这样的思考,并不能带给我丝毫的慰藉。

因为,参与到异常状态下的战争之中,再若无其事地返回到市民生活的日常里来——只要这种现象和状态还存在,而且,只要战争这一"无可挽回"的行为,经由不可逆转的历史还在被反复,那么,我的心就无法得到慰藉。

这一事态,将我带入到了绝望的宿命论和决定论的迷宫,它具有一种有把我拉入到绝望的地窖里的力量。为了不被拉入到绝望的地窖里面去,我的精神,必须要立足于强迫我忘掉一切人性的战争状态之中。如果想逃进宿命论的地窖里的话,是尽可以不去正视周遭的一切以及战争的……我必须留守在能最大限地抗争的地点上,留守在我感受不到丝毫慰藉的、本来难于驻留的地点上。而且,不论何事,不论对敌还是对友,纵然不能做到公平地,至少也要准确地转述一切。转述且思考,能够使生命更有深度,生命之根更为粗壮。

这处地点,已是一个充满危险的、荒凉而毫无生机之地。南京,已成为人满为患却毫无生机的战场。人们对于充满生机、富于生命力的东西,会投以惊异的眼神。昨天我在马路上看到,三个老人站在那里,用一种异样的眼神,盯着一个把所有木桶装满了粪尿后驾着牛车悠然离去的农夫。如果牛车上载满的是伤兵,那三个老人决不会站在那里的。当牛车远去,三个老人也各自散去之后,那里形成了一个沉默的空间。而市内,了无生机的沉默之场急剧增多,那里不仅繁殖着恐惧,而且繁殖着传播恐慌的病菌。感染上这种病菌,会让人的太阳穴和面颊抽搐,让长着酒窝的女人也不再有笑靥。然后,会让人努力不再与别人有不同的想法,会让人竭力回避成为特殊的存在,成为独特的个性,企图让自己溶解于恐慌的群体之中。群居本能会起到主导作用,随波逐流的顺应意识将成为思想的代理。

我已经有某种确信(但决不是期待)——关于日军一旦进入这个沉默的、人满为患却了无生机的城市之后,将要发生什么……

……不知这样的日记,还能记到何时。有可能明天,就再也写不了了。但只要还能写,我就决心在地下室这张放着无线电发报机的桌子上,坚持记下去。当需要转移发报机时,这本日记也会一起转移。

记下这本日记时,我必须留意的,只有一件事。那就是,决不使用战争的话语修辞和文学的话语修辞去记述。

十二月十日

日军已经完全包围了南京城。

汤山、雨花台正处于激战之中。

牛耳山也同样。

将军山一带的水泥碉堡群,也在日军飞机的轰炸之下,大半已被摧毁。

朱盘山一带,据说草木被鲜血染成殷红,尸体堆积成山。

日军将俘虏全部杀死。据说,是用军刀乱砍致死,因此满地僵尸都是遍体鳞伤。应该是屡次被砍所致,或者不只被一人所砍。

又云,日军杀到了麒麟门,中华门危急。

枪声炮声盖住了城内城外,任何地方都听不到人声。

我们五个人——挺着大肚子的莫愁、杨小姐、英武、用人洪妈和我,都聚拢到一间屋子里,偶尔的交谈也都是寥寥数语。其间,即便是眼下,玻璃也在无时不刻地被震动着。我们的心,也完全一样。

下午三时许,炮声骤然停息,出现了一段真空般的时间,我走到院子,观望了十来分钟。杨小姐和英武也跟了出来。

我下意识地捡起了一片枫树的枯叶。

英武和杨小姐也学着我去捡。我心里正想,这种潜移默化的影响真是奇妙,英武突然对我说:

"爸爸！真漂亮啊！"

听了这话,我几乎惊愕了！心里扑通一下。这个五岁的孩子……

我在心里,其实也正想着同样的事。杨小姐用她一双湿润的大眼睛告诉我,她也同样为此而吃惊。

我们的人生和生命,已经再无法用自己的手去控制和把握……我们此刻度过的这段时间,异常接近于被宣告死亡之人所独有的时间……

或者,也可以说,现在,我们是在透过"死"来凝望"生"。

我们在透过"死亡"的透明玻璃,观看着一切物事与风景。

——"爸爸！真漂亮啊！"

叶脉从整体到细部,清晰、完整。简直是完美的。

我们的"生",仿佛也一览无余地看得见叶脉上的每一个细微之处。

的确,一片平凡的枫叶,和这片承载着枫叶的纹丝不动的大地,从没有像眼前这样,显得如此这般的、难以置信的丰饶和美丽。

我又转过头去,眺望了一眼紫金山。这座危岩万仞的高山巍然屹立,焕发着人类视线所及的极限处的天地之涯的天堂抑或地狱般的极致之美。

如同一个即将踏上不归之旅的启程者,我一次又一次地抬眼眺望那座山峰。如果我是诗人,一定会题写一首"永诀之秋"的诗句。

不论是树叶,还是碎玻璃片,所有闪光之物都昭示着,时间是人所不及、枪炮与刺刀也无法触及的永恒,以光耀的形式而存在的。一枚红叶、碎玻璃片、紫金山,这些事物如今全部是同格和同质的。

枪炮声又从南、北、东三个方向震天动地地响起,我让英武和杨小姐回到房间,独自蹲在门廊下陷入了沉思。

我应该永远都不会忘记此刻看到的,永恒被凝结于一丝光耀之中的这一瞬间的风景。

爸爸!真漂亮啊!……

如果这句话并非是在眼下的危机时刻,而是在和平(?)的日子里,也仍然被人相信吗?如果,那只被认为是映现于一双惊恐的眼膜上的一种幻觉,那么,我关于异常与日常并无差别的思考的前提和结论就将被推翻,只要它与人有关。

然而——

然而,然而。

我不吝承认这是一种美,可是,这种美,只有在人的心灵被某种东西吞没后才会出现。那种光耀所带来的,不是光亮所常有的温暖,而是冰一样刺骨的寒冷和切肤之痛。

年仅五岁的英武,先于任何人感知到了这种美,这让我想起了早亡的友人P。P在游学法国时,死于汽车事故。不知为何,他在中国文学和西欧古典文学中,独爱那些夭折的义士和诗人的作品。他最喜爱中国的李长吉和法国的兰波、洛特雷阿蒙等颓废派诗人。"在幼儿的眼中,有着整个宇宙的全部历史。"这是P常挂在嘴边的一句话。我认可这句多少带有伤感的话。因为,我除了付之一笑,就只能承认他是对的。如果P此刻能站在这里,他可能会说,在一块玻璃碎片的光耀里,能看到整个宇宙的兴衰。在与死相邻的时候,通过死亡而看到的风景里,他有可能会看到堪称"真理"的东西。

这种美和真理,是在日常生活已不能维持的状况下,当人被某种东西所吞噬之后,才得以成立的。而且,这种美和真理,理应也会吞噬沉迷其中的人。

只有陷入这种状态中,才能感知到的无情之美。古人说美是苦难所生,如果这种美只有在危难之际才能被感知,我毋宁说,我憎恨这种美。美的实态,并非轻而易举地窥见得到的。那也许根本不是什么美妙之事……P对我讲过,在普法战争中,当普鲁士军队包围了巴黎之后,巴黎的文人被强烈的唯美思想所迷惑。这件事让我想起了德国诗人普拉滕①的诗句:

> 谁用眼睛观察美,
> 他就将自己交给了死神,
> 他再也不能在尘间尽人事。

我们不是"不能尽人事",而是连在"人世间"的权利都被剥夺了。就好像在战争的大气层中,所有物体都被剥去了表层的覆盖,袒露出了赤裸的实体。竟有如此唯美之诗,让人意外。

我虽然喜爱这首诗,但并不认同这种美学观,因为从根本上,美包含着阻断了人生的东西,因而往往有某种绝望投射其中。自然与自然之美,不是被人所意志的

---

① 奥古斯特·冯·普拉滕-哈勒蒙德(1796—1835),德国新古典主义诗人。此处引用的诗句出自诗集《威尼斯十四行诗》(1825)中的《特里斯坦》。——译者注

美。因为,自然是非意志性的,换言之,自然也是令人绝望的。如果死意味着遵从自然法则,那么,只有遵从这种绝望的法则,才能看得到美……

但是,我写这部手记,不是将其作为追寻美的产物而写,而是作为我的自由(?)意志的诗篇而写。

我忍受着对"自由"这一词语的不快,所以在它的后面加上了问号,或者说不得不加上了问号。在这部手记的最后,我还能有自由地使用"自由"一词的权利吗?

日光渐弱了,我站起身来,履带滚动的声响渐行渐近,在我家的门口处戛然停住。我打开门一看,一辆国军的坦克停在那里。似乎是出了故障。乘坐在上面的士兵把坦克丢在那里,已不知何往。谁都无法责怪,但让人有一种不祥之感。

就像是一颗哑弹,或是一颗定时炸弹落到了家门口的感觉。这让我想起,日军开始轰炸之初,行政院高官S家的院子里落下了一颗没炸开的哑弹,全家都去避难,整个区域都被封锁。当得知那不是一颗定时炸弹,只不过是一颗未爆的哑弹后,S一家以外的所有邻居马上都回到家中,而S一家则径直逃往到了汉口。

S家府邸的院子里,有一个大水池,几只水鸟在那里闲游,不受任何人打扰。椅子上落满了黄叶,这里是一幅任何地方都看不到的静谧的秋景,是任何笔墨都难以写出的和平、静美的光景。那时的水鸟和椅子上的黄叶,让我涌出了怎样的爱恋和爱惜之情!我们会随着死亡观念的强化,与之成正比例地去贴近自然和季节。而且,会十分奇妙地,逐渐从生活的劳苦中获得解放。在面对死亡的人看来,为生活而东奔西跑的芸芸众生,就像在一个遥远的舞台上演出的一幕略带滑稽而又渗透了悲哀的戏剧。甚或是一幅超越了悲哀的,无情而又静止的绘画,像是透过一片透明玻璃观看到的一样……我们好像是从生活的劳苦中不可思议地得到了一个透明的长假。杨小姐新加入进来后,我们四个人一起吃饭,有一种过家家一般的奇妙的游戏感,在不知不觉间潜伏进来。所有的一切都已经化作明日难以预料的昙花一现之物。所有的恒常之物统统消失了。不管是哪一块钟表,都像是在乱走。

随着炮声逼近,生活的本质也为之一变。我们在吃饭的时候,会时而像调皮的孩子一样相互对视一笑。这样的窃笑,甚至让我想起结婚之前和莫愁的幽会。这使得家里多出了几分未婚者之间的充满爱意的含蓄之情。城墙之外,正夜以继日地持续着前所未有的搏杀,而我们,却在体味着不免有几分轻佻的气氛……炮声和大地的轰鸣,连同恐惧一道,唤起了少年般的青涩情感。虽十分异样,但确乎如此。吃完饭,大家一起帮助用人收拾碗筷。彼此惺惺相惜,我们甚至是幸福的。因为生活好似成为了一个个刹那间的游戏,进而就会化为幻影。

不过,被"毁灭"的美丽而绝望的光辉映现出来的幸福状态,一方面却也是我们已经陷入病态的证明。极度的麻痹状态已经到来了。即便看到死者,即便看到伤者,也真正做到了不再会心动了。死者与生者的距离和边界,已变得不再那么清晰。所有的风景人事,无限接近而来,能清楚看到极为具体的细部。

炮声之间,伴有飞机的轰鸣,然后是爆炸声。玻璃在爆风中,好像被吹皱了一般。我们每个人的脸,都比尸体的面孔还要丑陋地扭曲着、抽搐着。眼眶、太阳穴、面颊,都在抽搐、痉挛。无论多么有模仿才能的人,也一定学不出这副模样。一声爆炸的轰鸣之后,谁都再想不起来那之前自己说了什么话,讲了什么话题。不论是想说的,还是说了一半的,都绝对想不起来了。在每个人的心里,都会出现猛然被切割开来的一块不连续的空白。如此反复多次之后,我们的心及人格,终究会被漂至纯白,被剁到寸断,沦为以断裂为特征的人格。

中华门及光华门已被突破,或将被突破。若以中华门和光华门一线为底边,以我家为顶点画出一个三角形,左右两边都不到五公里。在中华门上,写着"誓复国仇"的大字标语,想起来,也不再让人有心动之感。

外部世界,如今已经完全无法依靠,除了从自己的内部汲取力量,再无他法。可是,内部,内部到底是什么?!

并非莫愁,而是我本人也想生出个孩子来了!

近来容易亢奋,常因细微之事而落泪。

今天在开篇处记下的战况,来自于在卫生部任职的伯父来家提供的消息。

伯父一刻也不能安稳地待在家中,他像恶魔附体一般不停地去亲戚熟人家东串西串,散布一些不祥的流言,嘴角粘着白白黏黏的唾液……

但对这个伯父,今天,我必须记下一个此前没有提及过的事情。他今天上午九点左右来到我家,之前,我从窗户里,看到他站在空无一人的马群小学的操场,呆呆地仰头看着升降国旗的旗杆。旗杆是让我异常敏感的地方。这让我不禁猜想,他会不会对旗杆和我家地下室的某种关系有所觉察……?如果真是那样的话,我是不能让他活着的。知道我家里有地下室的人，只有我妻子和洪妈。

当我们胜利之后，而且我又活到了那一天，那时再读这本日记，我一定会惊讶于自己决心不让伯父活下去的明确表达。可是，与我自己诸多的迟疑、逡巡全不相关，这也并不仅仅是决意、决心，而是一个明确的既定事实。虽然难以置信，但的确如此。

伯父恐怕会在日军占领之后，为日军效力、工作吧……这也像既成事实一样，已被我清楚地看到了。

（本不想写下这段关于伯父的话的，并非是因为担心这本日记落入别人之手而泄露机密，也不是基于对猜忌他人的道德化判断。我想说的是，只是十二月十日这一天发生的一个插曲。如果我把这篇日记当作小说来写的话，我一定会最大限度利用这个话题，会在此基础上添枝加叶去描写自己，把各种故事拉到这个舞台上，把内在于那些情节里的时间要素拼贴起来，然后强调自己是在如何复杂的环境中，接触了各类人，经历了各种事，才活了下来，或最终死去的。但是，我不会那样做的。战争播撒出来的犹如风卷枯叶般的变幻不定、毫无连续性的轶事或插曲，无论多么鲜活也如枯叶一样，任凭怎样缝补，也只能是一些无以成形的碎片。

这一夜,没有开灯。用蜡烛及油灯照明。

十二月十一日

昨天半夜一时半许,听到了一阵乱扣低矮的铁门的声音,我赶紧拿起手电筒奔了出去。

——开始了!这种声音,就是开始的暗号。

向楼梯下飞奔时,我心里是这样想的。

出去一看,马路上有三十多个守城的士兵,有的茫然伫立,有的蹲在道旁,有的坐在门前遗弃的坦克上,有的横躺着,有的已经奄奄一息了。伤员的哀鸣声耳不忍闻。

三十名士兵的表情上,浮现出了对于我们难以跨越的命运的无奈。我问他们的指挥官在哪里,可是连愤慨于指挥官逃亡的声音都没有听到。这是一场溃败。

打听之后,得知这三十名士兵,是被安排在玄武湖前方的阵地上的,两三天前,指挥官突然不见了,他们只好编入到其他部队里参战,今晚接到了撤退到长江北岸的命令,所以要穿过市内,正在撤退的路上。而去向不明的指挥官,正是八日一早,用轿车和卡车载着妻儿、家财逃走的我家对面的那个年轻少校。把庭院里的池塘抽干,将无法带走的家财放进缸里深埋后逃之夭夭。那位年轻的将校,逃亡得如此从容而又镇定。

士兵们从昨天开始,觉察到了他是临阵脱逃。于是,虽然预想到了他不会在家,还是来到了他家门前。他们甚至把将死的士兵也抬到了这里。事实上,有两个人在这里毙命。我,早已没有了愤怒的气力,也不知道该讲什么。

一个士兵,试图翻过对面的水泥围墙,翻了几次之后,终于越了过去,进到院子里。片刻之后,里面发出了火光。他点起了火。于是,两三个人急忙翻过墙,把火灭掉。能听到他们劝说放火者的声音,如果这里起火,日军必定会以这里为目标开始炮击。

"不能让别人去做无益的牺牲!"

这句话从火势熄灭后的围墙背面的黑暗里,传到了我耳中。理智克制住了激情。那种激情,实际上是疲惫不堪、心灰意冷的垂死之际,最后残留的一股激情。也许,他们能通过放火行为恢复些元气和激情。那名放火者,也许和我一样,在确认了指挥官的逃亡后感到无话可说,所以才放了火。

早晨,有很多军服、军帽被遗弃在马路上。

这种遗弃行为所意味的,不仅是敌前逃跑,而且还需要有其他的衣物来替代。从宽泛的道德立场上讲,这座被包围的城市里的居民,是理应团结一致、共度苦难的。可是,那实际上意味的是要求人都成为超人或圣人。昨天,我写到,我们轻佻地感到了幸福,那其实也已证明,市民中滋生出了任由自己随性做事的一种轻薄、轻佻的情绪。因为危机也有可能被商业性利用。脱掉了军服的士兵,必然要买其他衣物,或是去抢夺。天气寒冷刺骨。被扔掉的军服,表明城市防卫这一崇高行为,也有可能和黑市买卖及盗窃行为并存。

敌军不分昼夜地集中火力,炮轰城区东南方向的中山门、光华门、中华门。

城墙有五米到十五米的厚度,使用任何大炮去洞穿它、炸烂它,并不是件容易的事。所以,他们瞄准了用沙袋加固的城门处的大铁门。今早起,高架在紫金山上的大炮瞄准了市内齐声轰鸣,开始无差别的炮击。

眼下,敌兵未到、城门敞开着的,只有面对长江北岸浦口的兴中门,一旦这里被敌兵扼制……

守在家里,没有外出。

街上不见人影。

上午十一点,听走过去的一队士兵说,兴中门以及通往下关火车站的挹江门虽然开着,但遭到日军飞机的疯狂轰炸,已成为肆意屠戮之地,有的地方血没脚踝。也有渡江船只中弹,溺死无数,不得已又折返回来。已有几百人丧命。

几百人丧命——可是,这是多么没有意义的一句话。数字可能会抹消观念。当下的事实,是不能用黑色眼珠去平常看待的。而且,将如此多人的死亡作为不可回避的前提和手段的任何一种目的,都不能认可它有存在的正当性。死去的,和今后将要陆陆续续死去的,不是几万人的死,而是每一个人、每一个人的死。是每一个人、每一个人的死,累计起来达到了几万的数量。几万人和每一个人、每一个人。这两种不同的计算方式之间,有着战争与和平之间的差异,有着新闻报道和文学之间的差异……

从窗户往外看,家家户户炊烟已断,冒出炊烟的只有外国公馆。

上午十一点,向汉口汇报南京即将沦陷。

一九三八年五月十日夜半

半年过去了。

我回到了自己的家。

可是,现在我家的主人,已经不是我了。

我是占领了我家的日军将校的仆人兼看门人、兼厨子。

此刻,我一个人坐在发报机前。

敌人并没有注意到楼梯下面存放清扫工具的地方有一个地下室的入口。这确是万幸,但在我看来,也是理所当然的。

半夜,只有我一个人。

我,已经孑然一身了。

妻子莫愁,还有在她腹内本应出生、却未能生下来的孩子(是否如此,我无从知晓),英武,杨小姐,洪妈,都不在我身边了。恐怕他们都成为我在这部日记中断前写下的,几万人中的一人了吧!

现在的我,比那些被杀的、已经不再是人的、回归了自然的、由一个一个的人累积起来的几万人都更加远离人的状态。此时,我将那样的自己,搬运到了这个地下室里……

几万人、几十万人的不幸,是不堪忍受的。但结果,还是忍受了下来。小的不幸无法忍受,大的不幸也不堪忍受。人真是幸福的吗?

那应该是去年,一九三七年十二月十三日下午。城内城外的集体战斗已经停止了。

那之后,杀,掠,奸——持续了三个星期。

对了。见到那三十名失去指挥官的士兵时的预感,那种预感已经被部分验证了。

十二月十二日一早,伯父看起来十分关切地来到家里,说德国人、丹麦人、美国人和红十字会联合成立了南京安全区国际委员会。他们努力在没有任何安全地带的城市里,开辟出安全区。他受卫生部委派,成为住房委员会的一员。委员会划出称为难民区的安全区,收容难民和解除武装的士兵。他说他认识担任委员长的德国人约翰·拉贝,拉贝是德国西门子公司的南京代表。他还认识委员中的美国人、金陵大学历史系教授迈纳·贝茨博士。

"你来加入委员会怎么样?"

伯父依然在嘴角上挂着白色的唾液劝我说。

"这个委员会是以外国人为主的中立性组织,日后也不会有什么麻烦。总之,这样的时候,如果还没有一个能向别人证明自己的职位的话,日军进城后,可能会不问青红皂白,不知会干出什么来。如果加入了委员会,还能低价买到粮食,总之是安全的!"

"我考虑一下吧。"

我回答道。我这时考虑到的是年轻的姑娘杨小姐。"我基本上都在美国大使馆旁边的金陵大学的办公室里,考虑好了就马上来找我。"

伯父留下话就走了。金陵大学、司法部等二十五个地方设立了安全区,大约收容了多达二十万、三十万的难民。

我把这件事告诉了杨小姐,本以为她会愿意加入,但却被她拒绝了。

她说:"莫愁分娩的时候,身边还是多一个女人为好吧。"

十二日下午,我清理好地下室,把沉重的蓄电池放到墙边,藏好发报机,把粮食和其他东西搬运进来,为可能持续的长期巷战做好准备。也为莫愁能在这里分娩做好了准备。莫愁拒绝了我劝她住进金陵大学附属医院的建议。她说,身为一名市民,在没生病的情况下住院,会占用伤员的床位。后来才知道,附属医院里的二十名医生和五十名护士,在十二月一日就离开了南京,留下来的医生,只有美国人威尔逊和另外一人,留守的护士只有五名。

可是,这个地下室是根本不需要的。

令人吃惊、也多少令人失望的是,有组织的街巷战,全然没有展开。

十二日夜半,中华门被攻破,日军杀到城内。十三日凌晨三时,中山门被攻破之后,市区内也没有发动任何有组织的抵抗。

城区里失去指挥和未能撤退的士兵,把武器遗弃在地上,进入了难民区。

十二日日下午,令人匪夷所思地再也听不到一声枪响,也听不到日常生活中的任何动静,真空般的时间在顷刻间持续着。天空湛蓝,清澄异常。初冬的空气看上去纯净无垢,但空气中隐约漂浮着尸臭、烟火气和尘芥相混合的异臭。

我出去挖了个坑,掩埋了门前的两具尸体。晒不到阳光的地方,霜花厚达两寸,寒气逼人。

埋完尸体,我仰望了一会儿天空。然后又像被什么吸引着一样地走了出去,也许是异常的寂静吸引了我。满街望去,空无一人。无人走动,也无人站立。人都去哪了?市民都逃出去了?或是都进入难民区了?短短数个小时里,有几万人从这个城市撤走。街道像是失血后的身体一样萎缩了下来。

穿过麦田,从背后绕过马群小学,我登上了一座能远眺中山路的土丘。八米宽的中山路空无一人。无人的街面上,一个个黑点都是横陈的尸体。受损的建筑非常多,各个方向都能看到部分或整体被轰塌的房屋。垂落的电线,残破的墙垣,向天空高举着双手似的房柱,它们都像在惊异于周遭极度的静寂,惊异于它们自身不知何时已化作了幽灵。所有房屋,例如茶馆、饭馆,都好像试图拼命找回自己之前曾经是茶馆、饭馆的确信,在静寂的时间里苦痛地挣扎。此前的现实,眼下已化为幻影远去。我好像在用度数过高的望远镜在眺望,又好像听到音乐声响起。

在被炸塌的一座寺庙的庭院里,我看到了一个奇妙的黑色物体,像是一只巨大的蚂蚁头被切下来放在那里。那个圆滚漆黑的物体上,还长着两只既像手腕、又像胡须的触角。

仔细一看,原来是一尊鼎。

寺庙的建筑已全部倒塌,再找不到一件形态完整之物,惟有写着"忠孝仁爱"的一根门柱兀自伫立,此外就只有烧焦的木材与瓦砾了。

一尊凝缩于一点的黑鼎,吸引了我的眼球。

在静止的时间中,在无声的真空里,在那尊鼎所存在的那一点上,一团缭绕烟气正向空中升腾。鼎好像已被煮沸,有东西在里面翻滚、沸腾。在低矮的六角形基石上,鼎用三只鼎足威严而又自然地伫立在那里,用立体物体静止站立时所必须的最低限三只粗壮的鼎足。据说鼎是古人模拟宇宙铸造出来的,为了把宇宙烧热,据说要用兽炭。在三只粗壮的鼎足旁边,横卧着两具尸体。

以两具尸体为炭,宇宙炙热起来。人的血液和脂膏化作蒸汽,烟气氤氲地向空中升腾,仿佛象征着这一瞬间的、世界上的南京。

就在自己差一点就要被异样的幻影击倒的瞬间,我仿佛感到一块薄薄的幕布发出唰唰唰的声响,在我的眼里垂落。

正如面对历史上发生过的所有事件一样,我们是无法彻底了解此刻从南京的这尊鼎上升腾起的蒸汽的具体含义的。可是,只要有去了解的意志,我们就可以作为一个提问者,成为对话者的一方。我想起了英武捡起的枫叶和S府邸的水鸟、椅子上的黄叶。仅仅感知美,是不够的。

紫金山的半山腰冒出了黑烟,清凉山的半山腰则明显能看到火光。枯叶燃烧后火势扩散开来,正以惊人的速度在蔓延。

无人的中山路上,打着膏药旗的坦克的开道,稀稀拉拉地出现了敌军队伍。我感觉像是肌肤上有毛虫在爬。敌兵进城了!

无人的街道上(这也就不成为道路了),出现了一帮凶恶的宛如戏台班子的队伍。指挥官是班主,也是挑大梁的。这出戏里,最为辛劳的,是一直都要在台上折腾的龙套演员。入侵异国而获胜的士兵,一定都会有一种演员意识。我们要抵抗这只军队,也切忌染上一种英雄意识。同时,也不能只是扮演同一个舞台上的敌方角色。

顷刻后,枪声响起,炮声已经听不到了。

之后,从其他方向也响起了持久的枪声。

回家路上,听到叫声像吹响笙篁似的鸟鸣,想必是吃尸体的鸟。

后来得知,那时持续响起的枪声,好像是将城外抓到的四万名同胞中的大约一万人,用机枪扫射时的枪响。而另外的三万人亦然……

他们将俘虏集中到长江岸的下关,全部用机关枪扫射处理。据说,采用的方法是千人一组,一批一批扫射,先让后面一组把前面一组的尸体扔到长江里,待他们劳作完成后再杀掉。那种劳作是怎样一种劳作,现在的我最清楚。但这些后文再叙吧。

那个时候见到那尊鼎,对我来说是非常幸运的。始于那一夜的杀、掠、奸,在那些如同鬼蜮降临的日夜里,我每每回想那肃穆地端坐于大地的铁铸之物,激励自己。即使在那样的场合,如同凝望枫叶和S府的水鸟、黄叶时的那样,也依然可以沉浸在一种极度紧张状况下才会出现的审美情境之中。也许一大半的时候,眼睛以下都深深沉浸在其中了。所幸的是,那时所沉浸的对象并非是不断变化的自然之物,而是纯粹的人工之物——在瓦砾中以三鼎足伫立,展示出不可撼动之力,将其全部能量凝聚于一点而沸腾的鼎。既为人工之物,因此在那尊鼎里,已将它被铸造时铸造者自身的欢喜和遗恨都悉数铸入其中。它将一切时间纵横开阖地收纳于腹中,擎举双臂,有如狰狞而又柔韧的怪兽……

认为人工之物皆为虚妄的妄念,必须摈弃。那尊黑色的鼎,可以与紫金山相比肩。

占据了我家房子的日军中尉叫桐野,他一个人的时候,非常老实、斯文。今天,我趁他差我上街买酒的机会,顺路又爬上了那座土丘,我去找了找那座寺庙的位置,但最终也没能找到。本以为走到了寺庙的原址,却发现废墟上新盖起了一座日军慰安所。

我说过,我的日记决不使用战争的话语、小说的话语去记述,理应如是。现在,我决意要用鼎的话语去记述。那尊巨大的黑鼎用三只鼎足(两只是不够的)雄浑厚重地伫立着。如果不以那尊鼎为支撑,接下来要讲述的后续的事情是根本无法开口,也无法下笔的。那些也许本身就是不可能讲述、也不可能落笔的事情,但是,我逼迫自己不畏其难地去做,将会为自己带来安慰!——突然,我的脑海中浮现出黑鼎在发电报的场景,第一次,我差点笑出了声。

惟有笑,才能熔化沥青般凝固的憎恨。

十三日晚八时许,谍报员K来访,报告南京入城敌军的最高司令官是松井石根和皇族朝香宫二人,本部设在国民政府大楼。有两名司令官,是十分怪异的事情。如实发电报告。敌军的番号牌上基本不使用汉字,只用日本特有的音标文字。目前,因使用了汉字所以可以确定的,仅有驻扎在南门外、称为"白仓部队"的队伍。其余用了汉字的,所知只有"集团军司令部"。白仓部队好像是卫生部队,发布的告示上,有"南京城……内外集团……占领地……撒毒又……投毒形迹……"等汉字。这应该是没有投毒行迹的意思吧。

谍报员K消失在黑夜中,我向汉口报告完毕,正当我走到二楼莫愁、英武、杨小姐藏身的房间时……

传来叩打大门的声音,听起来像是在用巨大的钝器在击打,中间部分用锁头锁上的大门,发出了两三声被上下锤击的声响。

我瞥了一眼莫愁和英武,赶紧走出房间,打着手电筒照着楼梯跑了下去。不经意间,我想起法国圣贤蒙田的勇敢轶事,只是一瞬间,如同闪光般掠过脑海。为了追求和平,这位没有对自己以外的任何人、抱有过任何期待的、彻头彻尾的圣贤(也有人认为蒙田其实是个中国人),住在时有劫掠发生的市区,却将家门大敞四开。"防御唤起图谋,警戒诱发攻击。我消除了被士兵们抢掠的危险,清除了他们获得自我证明或自我辩解时所需的军事名誉的所有材料,来挫败士兵们的企图。在正义死灭之际,需要鼓足勇气去做的事全都是荣誉之事。我要将他们对我家的征服,变成一场凸显他们的卑鄙和背信的行为。我的家对冲进来的任何人,都不会关上大门的。"①法国人的智慧有时酷似中国人的智慧,特别是在容易走极端这一点上。

---

① 内容出自《蒙田随笔》第二卷第十五章"我们的欲望会因困难而增大"。小说原文中的此处引文,为堀田善卫根据法语自译。译者最大限度地保留了堀田译文的日语原意。——译者注

还没等我跑到门口,大门旁边的玻璃窗就被用刺刀捅碎了,一个日本兵已经替我把门打开了。

我装出恭恭敬敬的样子,深深低下了头。一共十个日本兵,还有一名手执日本军刀的下士模样的领队。领队吼叫了一声,但我根本听不懂。

我用英语对他们说,这里住的是和平的市民,毫无加害之心,所以恳求你们撤出去。听说,懂英语的日本人的数量要远远比懂中文的多。

突然,楼上响起了钢琴声,有人弹起了一曲节拍舒缓的小夜曲。是谁?杨小姐吗?

下士不动声色地看着楼梯,随后下令士兵去搜查,他用右手抓住了我的肩膀。然后,他怪异地用手电筒照着我的额头和手掌,细细查看了一番。看完之后,他把我揪到了门外,指着被夜色笼罩的门外说:"TankuTanku!"①

"Tank?"

啊!我这才恍然大悟,稍稍宽了点心。他们是在找门外那辆故障后搁浅的坦克里的士兵。他们不懂汉语,我不懂日语。所以无计可施。如果能用完整的汉语把坦克兵们几天前就已弃坦克而去的这层意思告诉给他们就好

---

① "Tanku"即タンク,为日语中的坦克车之意。——译者注

了。可是我的话却说得像上海人讲的洋泾浜英语一样结结巴巴。下士像是渐渐听懂了。但抓住我肩头的手一直没松开。如果家里有谁反抗的话,我可能立即会被斩掉。

寂静的大门外传来枪声和尖叫声。杀人的声响,在黑夜里清晰地回响。

钢琴声嘎然而止,杨小姐一声锐利得仿佛能击断金属的尖利的哭声从脑后传来。那一声哭叫声至今仍萦绕在我的脑海,而非耳畔。在幽暗的大脑深处,惟有那一块闪着血红色的光芒。

五分钟后,士兵又集结在门口,逐一向下士报告后退了出去。下士确认士兵都走出门后,才把抓着我肩膀的手松开,低声说了句什么,走下台阶,可能说的是"打扰了"之类的话。

我在回到莫愁的房间前,先关上了大门。无论如何,我是无法把大门大敞四开的。关上门后,我浑身的毛孔都在冒汗。

投降。如果是在古代,而且如果对方不是日本兵的话,应该是要设案焚香,明确表明自己并不会抵抗之意的。曾几何时,连投降都被高度程式化,对于一般人来说那曾经是一种仪式。

结束搜查的士兵重新集合时,我的手腕突然开始剧痛。上楼梯时我摸了一下,发现在流血,手表不见了,表带是被刀子割断的。

杨小姐呆坐在莫愁床边,太阳穴和眼角处有一块淤青,如同加重了绝望与恐惧的峡谷一般不停地颤抖着。现在,人和日常和生活,也就是说对人而言约定俗成的事全都被破坏和剥夺,我们只能过着没有任何共同约定的生活。这样的话,就必须制定一些规则。绝望与恐惧。可那到底是什么?

刚才我在大门口,也装出一副毕恭毕敬的样子。恐怕拿出酒杯来献一下殷勤,也不是做不到。但我没有那样去做。

如果不去试图克服这种绝望的状态,只是委身其中,让自己的精神封闭起来,我甚至可能感到幸福的吧。但这是奴隶的幸福。不出多久,我甚至可能成为口若悬河地说些不痛不痒的谚语的哲学家吧。

在下关码头,我从劳作的苦力中一次次地看到了貌似古代圣贤的脸庞,不仅有孔子、孟子,甚至还有柏拉图、苏格拉底。流落上海的白俄流浪汉里,有很人长相酷似《在底层》[①]里的鲁卡老人。当初我在孟买的时候,

---

① 一九○二年高尔基创作的著名剧作。——译者注

有段时期见到任何一个印度人,都觉得长得像古代印度的大哲学家。

可那又能怎样呢?

纵然身处险境,也必须想得周密一些。不能被恐惧占据太多的时间,关键问题总是在于解决的方法。不能陷入到状况的陷阱中。

我一边包扎手腕,一边喃喃地说:

"好了,该工作了。"

"……?"

杨小姐用懵懂的表情看着我。幸好英武一直在莫愁旁边的床上酣睡,不知道发生了什么。附着杨小姐太阳穴和眼角处的那块淤青的阴影变淡了一些,好像不久就能消褪。蜷缩起来的年轻生命获胜了。不妨再重说一遍:只有笑才能化解恐惧。

"杨小姐,帮我把钱柜拿来,就在那个衣柜里。"

日本兵到底对莫愁和杨小姐做了什么?或者想做什么?我不知道,但也没有去问。

我打开手提钱柜,把钱分给莫愁、小杨和自己,在里面还留了一部分。杨小姐在拿钱柜时,顺便从衣柜取出了两件棉裤,她迅速脱下旗袍换上了一件,又把另一件递给莫愁,帮她换好。一切都是在沉默中进行的。两人都拿出了金手镯,戴到了上臂。我又拿出了一块手表戴上。

用人洪妈傍晚起就不见踪影,可能是逃走了。这时,我想起日本兵查看额头和手掌的奇怪举动,走到走廊处,想洗一下脸和手,但是没有水。自来水已经停了。传染病可能会蔓延。为了防止瘟疫蔓延,军队采取的办法之一就是放火。我回到房间取出药箱,把杂酚油和止血药分给她们。

从窗户望去,对面空房已经成了刚才那队日兵的营房,能看到他们在屋内生火。从马群小学附近传来了马的嘶鸣。

我叫醒了英武,在他的金锁上又系了几个戒指挂在他的脖子上,帮他换好衣裳。今后将会怎样,难以预料;要想尽一切办法活下去,当走投无路的时候,就不要再指望还能活着了;杨小姐可以随时和我们分开单独行动。我简短地讲完后,大家一起走出房间。莫愁步行困难,下楼时,我和杨小姐从左右两边搀扶着她。

还没走下楼梯,就闻到了刚才被打碎玻璃的窗户附近传来的恶臭,是粪便的臭味。

猛地一下,眼前被照亮了。

(是在强奸!决不能当着他们的面进到地下室!)

"(嗯？是要逃走吧？)"

两个日本兵，一个站了起来，一个在蹲着，两人都光着下半身。他们偷偷溜了进来，在窗边从容地大便，而且……他们没拿枪，武器只有匕首。

不出所料，他们到底还是回来了。只不过，这次另有所图。

我猛地把莫愁、英武、杨小姐推到楼梯边的用人间里，自己站到了门口。

一个正在提裤子。

另一个兵，还在那里蹲着。

站着的那个说了些什么，可能是"快点"之类的吧，他好像一个人也没法走开的样子。

我反剪着手悄悄转动门把手，进到用人间，马上从那里走到屋外，来到侧墙边高高堆起的足够四个月用的柴火堆里，和他们三人会合到一处。

月亮，有如一把锋利的镰刀。

屋里传来掌着铁钉的皮靴四处走动的声音，不久后又静寂下来。目的是偷盗吗？但好像有另一种欲望需要满足。

我打开后院的栅栏门，出去探望了一下。沿着排水沟窥探了一下马路，对面空楼里好像摆开了酒宴。右侧一百米见外的十字路口处,被绑成一串的两三个男人,被刺刀逼着往前走。男人的身边有两三个女人在哭叫。哀痛的哭叫声突然高亢起来,又突然转为静寂。可能是日军嫌那几个纠缠的女人太吵,把她们斩了。男人似乎被集中到了马群小学。

大门口有人高声喊叫,好像在喊闯进了我家的那两个人。不一会儿,两人走了出来。

躲在木柴和墙壁之间也不是办法,于是又回到了屋内。四个人都坐到了地板上。为何不坐到椅子上,或是躺到床上?难道我们的心也在不知不觉之间,从这些亲密的家具中漂移了出来,〔和士兵一样〕踏上了一段居无定所的流浪之旅了?我们是不是很快就会对拉在地毯上的粪便也见怪不怪?日军带星徽的肩章,看起来如同"野兽的徽章"。难道我们也会"汝等亦会如此"吗?我们四个人犹如聋人一般地在地板上抱膝而坐。所有的空想都以恐惧为形。恐惧像海上的波浪变幻不止,把我们的心吸入其中。必须先缓解这让人窒息的紧张。我们不像他们那样,为了杀人、砍人而存在。

"好了,睡吧……不过要穿着衣裳啊!"

也许都睡不着,但也无所谓。

我一直在想,怎样才能把妻儿和杨小姐送到金陵大学的安全区。

莫愁低声说道：

"既然对面那栋空楼已经成了日本兵的营房，咱们这边早晚也会被接管吧。"

言外之意，如果到了那一天，交涉的时候很难说发生什么，我们只有寥寥四个人，遇到一群悍卒就性命难保了。而如果去到金陵大学的安全区，想必日军也会遵守国际委员会的规定。她的这层意思，也正是我的所想。只要待在人群聚集的地方，遇险时逃起来也容易一些，若有万一，彼此相聚一处也别无遗憾。在必须想出求生的良策之际，很大一部分的想象力为恐惧所侵蚀，很难意识到一个简单的道理，那就是求生不能靠空想和推理，而是要靠行动。

"嗯……嗯。"

对面楼里，烤火的士兵一直在喧闹，但凌晨三点后也终于安静了下来。

当莫愁再次开口："我说……"

正在这时，一声爆炸的巨响把玻璃震碎，随之爆风袭来……

难道是对面的楼房遭到袭击了？但我的判断，可能是酩酊大醉的日本兵引爆了手榴弹。况且他们一直在屋内生火。

又是一阵混乱的枪声。

啪、啪啪——

两发、三发、四发。墙土从天花板上落下。我们跳起来跑到楼下,再次藏到了用人间里。这种情况可能躲进地下室更安全,但还是下意识地拖住了脚步。藏到地下室是不是最好的,无从知晓。是不是最好原位待在二层,也无从知晓。

无从知晓。

无从知晓。

蒙田所说的"我知道什么?"这句话的意思,难道不是在说"对于超越了人的存在、对于超越性的东西我究竟知道什么"? 无从知晓……

无从知晓……

这句话里,似有一条通往宿命论的歧路。而且奇怪的是,将一切视为宿命的观点,似乎被认为更能为那些已逝去的亲近之人的血肉带来安慰。

玻璃被击碎的声音,然后是皮靴声。

我们三人将英武护在中间,用血肉搭成了花苞状,蹲在地板上。

不一会儿,听到门把手转动的声音,房门打开了。

"（站起来！）"

"（这个畜生！）"

括号里的话，我当时是听不懂的。可是，那之后一个月的苦难和四个月征为壮丁的经历，让我多少听懂了几句日语。他们最频繁地使用的，是"混蛋"和"畜生"这两个词。

得知我们是非武装的平民之后，士兵开始对我们拳打脚踢。我把莫愁、杨小姐、英武三人推到墙角，用身体挡住了他们。转眼之间，四个人就都头发蓬乱，衣衫破碎，没被打死已算万幸了。可能是他们已经看出，扔（？）手榴弹的并不是我们。

随后，有个士兵拿着手电筒和一根长铁丝走过来，把我们四人背着手绑成了一串。铁丝勒进了肉里。走出家门时，英武才哇地哭了一声，但不知为何没有持续下去，莫愁听到英武的哭声，便开始哀求。但回答她的，是我放在门口的那根拐杖。日本兵动辄击打头部或者脸部，他们互相之间也一样，这到底是为什么？日本兵的粗暴，似乎是他们作为士兵的功名心和勇气得不到正当的评价，无时不刻地被组织性欺凌所导致的。当然，这也并非只限于日本军人。将校凌辱兵卒的技巧，是军事技术中最为基本的一部分。

嘴里突然就没有唾液了,舌头变得十分僵硬。我们被摁着跪在对面空楼前原本是池塘的地方。

铁丝两头分别被撑紧了系在支撑院墙的木柱子和枣树上。士兵挨个走来,戏弄般地用手掴打我们的脸、用军靴踹我们,我也无法保护他们,只能说些激励的话。那时的我意识到,我们四人终将在这里死于他们的乱刀之下。

第二天早晨被带到马群小学之后,我所知道的事情如下。那就是人变得冷酷无情,并不需要凭借意志的作用。的确,冷酷无情等等虽和炽热的爱与怜惜之念互为表里,但现在的我并非是在咬文嚼字,总之,想要变得冷酷无情,只需要夹在一大群人的中间,被前前后后你推我搡就已足够。纵使父子间的血肉亲情,也并非最终之情。事情出人意外地简单,将人变得冷酷的最大的原因,在于有一方叫作"焦躁"的磨盘……

被带到马群小学时,正好看到日本兵站在旗杆下往上升太阳旗,这让我感到些许的讽刺。可一旦站到被塞到校园里的、大约二百五十名男女老少的人群里之后,我就再没有那份从容了。校园的后院里尸体摞成了堆,垃圾焚烧时发出的臭气凄惨呛鼻。死尸堆最前面的一具尸体浑身赤裸,身体上看不到任何伤痕,手脚也是完整的,惟有肩膀痛苦地扭曲着。可是,这具尸体没有头颅。

两肩中间,只有一个满是血污的黑色台座似的物体。从此以后,我再也不想看美术课上的人体躯干的石膏雕像了。

我指着尸体堆问:

"究竟是怎么回事?"

一个五十多岁的商人模样的人回答说:

"从今早四点起,被轮番杀死的。说是因为他们都是军人,所以要杀掉。可怎么能知道到底是不是呢?邻居家有个儿子,根本不是当兵的,天天要和面、擀面,手指上磨出了老茧,他们非说是拿枪练射击磨出来的,就用刺刀把他捅死了。就算是有换上便装的军人,去掉了武器脱下了军服,那就不是军人了。鬼子们的道理,真是搞不懂。"

我终于明白,昨晚鬼子为什么仔细检查我的额头和手掌了。看额头,是为了看有没有戴军帽留下的印记。我这辈子,再也不敢戴帽子了!

我想起了"洗城"这个不算古老却也并不新鲜的词

汇。他们开始洗城了。伯父的预想乃至期待终于得到了满足。

——刚才我用了"鬼子"这个词。我决意再也不用了！无论有怎样想用的冲动，哪怕是不用就无以解气，也决不再用！在很长一段时期内，这种颠倒式的拟人法必将招致错误的判断，模糊我们的视线。他们并不是"鬼"，而是人！

这一天，平均每小时就有大约十组男女被带到这里集中起来。十五六岁到四十多岁的健壮男子被挑出来，站到设有国旗旗杆的宽敞运动场里，然后逐个查看每个人的额头和手掌，为了检查他们是不是军人。如果在谁的衣服上发现了军服的蛛丝马迹，那么任何的检查和审问都成为多余，立即被拉到后门外（今天起，那里就不是后院了）。门外有一条大约两米宽的小河，就在河边当场刺死。一具又一具尸体滑落到小河里。

起初，校舍里挤满了男女老幼，众人交相恸哭，哀号动地，耳不忍闻。有时几个人一起被杀，呼叫迭起，让人不禁闭紧双眼，捂紧耳朵。一刀下去仍未断气者的惨状，能用耳朵看得真真切切。一刀下去，连呼饶命；两刀下去，叫声渐微；三刀下去，寂然无声。此间，夹在我们中间的两个孩子殒命，原因不明，只能说是气绝身亡。

这一天,被杀者应有三百人。

杀戮到下午暂时告停,士兵用刺刀把我们赶到后院,搬运昨天的死尸堆。两人一组,分别抬着头部和腿部,搬到小河边再扔到河里。初冬季节,河水较浅,流动缓慢,转眼间河里就堆满了尸体。对尸体不想再多写了。只是想记下来这一点,那就是被刺透胸部、刺透腹部的尸体中,在被杀现场就地倒下、没有堆在一起的尸体,绝大部分都用两手紧紧捂住了伤口。尸体的脸上与其说是痛苦和痛恨,给我的印象,更像是对自己的身体受伤(实际是被刺伤)的极度悔恨。状如海藻般的内脏,水沼一样的恶臭,腐烂的马铃薯般的刺鼻气味,让我几次呕吐。不出十天,这个城市将成为瘟疫横行的地狱。而病菌,该不会区分敌方我方了吧?

大自然是不会对将分为敌友的,它和人之间没有任何约定。而人,则会按照某种约定,比如是敌是友……据此去杀戮和抢掠。

运尸——尸体基本上都是僵硬的,表皮最终都会脱落,像是抬着一个衣物散落出来的衣柜……

不觉间,自然而然地,涌出了要把工作早些做完的一种渴望。劳动。

这种渴望是正当的吗?这,能算是工作吗?

如果在平时,我会认为,这是正常而健康的渴望。对于火葬场工人而言,当然也是这样。

可是,"平时"又是什么时候呢?

现在,难道不是平时吗?

平时是什么?

现在是什么?

无从知晓。

我无从知晓。

我在做这项工作的时候,做了一件打破了刚才所说"人的约定"的事。

一具死尸。皮肤如鱼肚般青白,嘴里满口金牙,看上去是一名富家出身的将校。他被刺刀从左肩下侧刺穿了肩胛骨,伤口偏开了心脏,所以还活着。虽然他闭着眼睛,一看喉咙就知道还有气息。当我把他没穿鞋的双脚抬起来时,他昏昏沉沉地睁开了眼睛,直勾勾地瞪着我。我不由得一惊,一只腿没抓住,掉了下去。他痛苦地抽动着脸颊。当走过校门时,我又一次把他的一只腿掉了下去,我踉跄了一下。一个日本兵冲过来,大吼着用刺刀尖捅我的臀部。我赶紧把掉下的那只腿抓到手里,继续往前走。十步左右就是河边。我的后背感受到了刺刀尖留下的钻心之痛。和我一起抬尸体的同伴,放下了他的脑袋,随着扑通一声重响,尸体的半条身子就横卧在了洒满鲜血的枯草上……我松开两手,尸体顺着长满枯草的斜坡,滚落到尸体堆里。河里已经满了。我看了看四周,活着的都在劳作,或是在监视着劳作的人。校舍的窗户里,必定有一双眼睛茫然地眺望着上述两者,只有典型的这三种类型。这倒是和平时任何一个国家都能看到的人际关系的类型是一样的。

何为平时?

我无从知晓。

我把一个还活着的人,扔进了死尸堆。那个死者被我抬着的时候,还没有死去,他还活着。

我看到过这样一句话:"所有的提问,都是愚蠢的提问。"那应该是被要求回答过很多提问的人说的话。可是,"愚蠢的提问",那又怎样呢?同时,对"那又怎样呢?"这样的提问,也可以再一次地回应"那又怎样呢?"。是的,那又怎样呢?

下午三点,老幼及妇女被允许外出,被告知可以去取些食物和御寒衣服。

那个不大的小学里有近八百人被集中在一起,可并没有足够养活这么多人的食物。允许外出,也等于告诉他们,让他们吃东西是日本人权限之外和责任之外的事情。

我用尽了所有能想到的语言劝说莫愁、英武、杨小姐快点出发,去金陵大学的安全区,在那里能得到伯父的保护。三个人都没采纳我的建议。莫愁甚至说,已不再想活在世上。杨小姐倒是较为冷静,说再等等看,这个小学也许会被指定为安全区,或者他们把这里当作兵营的话,所有收容在这里的难民可能在敌兵保护下,转移到其他安全区。目前敌兵因极度的猜疑和兴奋而超出了常规,他们一定会在食欲和情欲得到满足之后镇静下来的,应该不需要太长时间了。莫愁也说,敌兵是想甩掉一些包袱,所以才让人走,根本没指望他们再回来。已经将近傍晚了,走在看不到行人的街上,被贼抢了都没法防范。就算暂时一两天没有饭吃也没关系,还是一起留在这里吧。于是决定留下。想走的人离开后,杨小姐让我把留下的大约五百人(其中女人和孩子约百人)组织起来。组织起来,不是为了配合敌人,而是为了在敌人不可预测的淫威下避免无谓的牺牲。

可能和我家住在较为孤立的位置,没有近邻有关,再加上熟人大部分都已转移至汉口,所以怎么找也没找到半个熟人。如何组织?从何处着手?杨小姐说,第一步要先找出会讲日语的人设立一个对敌班,还要找出医生,设立卫生班,设立照顾老人和孩子的女子青年班。她这样一一讲着计划。洒满鲜血的枯草之下,新时代正在茁壮地破土萌芽。

在和杨小姐商量事情的时候,我不意间想起昨晚一队日本兵闯入家中搜查时她的那一声尖叫,我问当时发生了什么,她回答说,当时贼兵掀开莫愁的被子,用刺刀比划着她的腹部,正要刺下去。我立即转向莫愁,莫愁闭上双眼,无言地点了点头。然后她说:"孩子在肚子里捣乱。"女性是不是被赐予了经受苦难的特殊能力?

可是,万一今晚在这里就临盆该怎么办?

下午四点,日本兵又把我们男子召集到一起。这次是让我们清理散落在校外的尸体。

有孩子,有女人,有头颅被打穿的,有下半身赤裸的,有上半身赤裸的。我们把这五十多具尸体收集起来,堆到一处,浇上汽油,在田里焚烧。这里面,可能也有还活着的人。正巧北风吹来,风势怒号,黑烟卷着尸气左突右奔,傍晚的残阳凄惨无光。精疲力竭。

一个老人,脸茫然地坐在一户烧塌的房屋前,他的头发焦糊,额头绽裂,小腿似乎断了,裤子上全是血污,与其说是人,莫如说是……怎么说好呢?老人身旁有一个铮亮的铝饭盒,饭盒的完整形态和人的衣衫褴褛之状形成了强烈的对比,让我感到非同寻常的震惊。物质实为超乎寻常的存在。为什么那个饭盆能如此完整,而人却……悲愤的泪水如泉涌一般。那一瞬间的怒气,与其说是针对杀人者,莫如说是那些轻易就被杀死的人们更让我愤怒。

沿着河边往回走,准备从后门进去。浮尸在很多地方堵住了水流,一堆堆隆起的红色的脂膏、白色的脂膏,胀得像足球般漂浮着。

傍晚,为了组建杨小姐建议成立的"组织",我四处寻找合适人选时,在日本兵的厨房里遇到了四名男子。负责烧火、挑水的四个人中,十三日晚上八点把两名日军司令官的姓名告知我的谍报员K(我感到了眼珠被针扎一般的迷惑,就算是搞谍报的,这样的安排也未免太巧了,太快了,K会不会是双料间谍?)也混杂在其中。

这一夜,城内各处大火四起。

但是,这一夜发生的事——
贼乱、滥饮、狂醉。逼淫。
手持武器的烂醉者。
莫愁、杨、英武。
正因为让人不堪详记,才更要记述下来。这一刻,我并非为后世的悼古之士才写下这些的,也不是想用这个以征服和嗜虐为特征的时代病例,去间接地颂赞萨德侯爵,去验证所有的文明都具有同质性。这场战争,其意义远不止于中日两国之间的一场殊死搏斗。日本且不论,战争为中国带来空前的动荡和质变,是显而易见的。我不想再像二十年代国民革命时期那样左摇右摆,尽管那时我还是个学生。我想更加深入地思考,让如此暴虐的行为得以发生的能量,思考这种能量究竟为何物?——即便不会立即派上用场,但用语言形容的话,那必定是触及到历史底层的如漆黑的煤层一般的、能量之源泉的思想。莫愁和她肚里的孩子终于没能看到、也再无法深究这样的现实了。如今,我的家中不再有能生育孩子的母亲,有的只是统治者和一名奴隶。

今天,我敲着眼前的电键,通报了急不可耐地加盟南京伪政权的五名汉奸的姓名。这看上去可能与挥刀砍人性质相似(这决不是为了要将其正当化,那未免过于简单),但其实,我是想找到能与其相抗衡之物。

民谣唱道:

> 来自北窗的消息,
> 人们啊,那风暴就要从高处吹来。

为了不像一片树叶那样被吹得摇来摆去,也不为水鸟和长椅上的黄叶之美(那与其说是"我所看到的",毋宁说更近于"被魅惑住的")所魅惑,我想以那尊熊一般的黑鼎的方式而存在下去。静静地,但内心却如鼎内翻滚的烈油那般沸腾着。

——"凡你手所当做的事,要尽力去做。因为在你所必须去的阴间没有工作,没有谋算,没有知识,也没有智慧。"

六月一日

转移到汉口的家兄陈英昌通过司法部的密使第一次捎来消息。去年十一月三十日,他和司法部的官员及家属一起,从下关码头乘上轮船。当时,正值日军逐渐形成包围南京的态势,即将开始总攻。所以算起来,收到他的音讯正好时隔半年。今天是六月一日。

这半年里——

杀戮、抢掠、奸淫、放火;饥荒、寒冻、疮痍。

妻子莫愁和她腹中九个月的孩子、五岁的英武、从苏州逃难来的表妹杨小姐,都已不在了。

恐怕她们是在受尽凌辱和奸淫之后,遭到惨杀的。其他的可能,根本不必去想。如果她们能够庆幸地逃脱出来,投靠在熟人家里,那她们一定会想办法和汉口的家兄取得联系,也一定会联系通敌之后、如今在伪南京政府卫生部就职的伯父。我还没有见到伯父。家兄的信,也没什么值得一提的内容。去年十二月十九日下午三点,为了对我们这些男人实施集体屠戮,在南京安全区国际委员会设立在金陵大学的安全区,也就是难民收容区里,我们被电线反捆住双手,绑成一串押上了卡车。在那一刹那,我和妻儿诀别,名副其实地万死一生。四个月来,我被征用为日军的挑夫,这才终于找机会逃了出来。

虽然回到了自己家中,但我现在,是我家的新主人、敌军桐野中尉的奴仆。家,连同曾经住在这里的人,都一同消失了。实际上,我对那曾经十分熟悉的睡床以及其他各式家具,几乎都没有任何亲近感。那些家具在我眼前,时而痛苦地蜷缩着,时而又刁难般显露出近于憎恶的表情,侍奉着桐野中尉和他的随从。是的,这个家,正在焦急地等待我用自己的意志和努力,让它回到我手里的那一天。这样去想,才是最健康的。

当我在执行无人知晓的秘密任务之时,也就是深夜下到地下室独自一人坐在发报机前的时候,只有在那时,我才是真正的"我"。在我看来,"我"是手敲发报机的技术员，或者说是一名熟练工。自不必言，对敌人的憎恨与复仇之心填满胸膛，宛如鼎内那翻滚沸腾的烈油一般。但仅有这些是不能完成这项任务的，激情是无法持久的。

我和"我"——被征服、被占领之地，以及殖民地或被压迫阶级的人民，近乎必然地会形成分裂的性格。"我"对于"我"自己的行动或生产性的行为（没有任何生产性的行动，无法称之为行动），并没有直接将它视为一种政治行为。究其原因，是因为"我"认为，把自己的见闻及谍报人员带来的、和敌军及伪政府相关的情报密报给迁至汉口的政府，这一行为是一种生产性的行为。纵然从结果而言它属于政治行为，但那无论对我、还是对"我"而言，都只是附带产生的结果。因为"我"所发出的电报，是为了在悲惨的失利和溃逃中创造出胜利，是为此而发动的生产行为。我不相信什么行动上的虚无主义。当然，我要在这里坦白，我曾经有一段时期被它迷惑，认为它和法西斯主义是最有效率的。

楼梯后放置清扫工具的地方有通往地下室的入口，所幸敌人并未发现，在我看来，不被发现也理所当然。只不过，也许是这个令人诅咒的冬季过于寒气逼人，也许是和地下室仅有一墙之隔的冲水厕所水箱边的墙壁有裂隙,总会有臭水一点点地渗下来,让我无语。

再继续说家兄的来信。如果把这封信拿给桐野中尉看了的话,就职于日军情报部(具有嘲讽意义的是,这个中尉也是个情报校尉)的这个身材瘦高、戴着日本人都必戴的那种黑边眼镜的男人,也许会将它作为一个证明中国人如何自私的事例而大肆宣传的。家兄所关心的,只有保护好家产这一件事。他要求我不要让家产缩水,要想办法有所增益;农作物会因战乱而减收,必定会涨价,要做好在青黄不接时大干一场的准备,战争会成为通货膨胀的根源,不管是棉布还是桐油,尽可以去投机,投机赚来的钱要马上拿到××钱庄换成金条;其他,还有诸如要守护好家里的祖宗牌位,遇到节令要按时跪拜等等。就像所有的奴隶都会做的那样,我也是在厕所里读的这封信,然后不禁失笑。顺便要提一下,厕所如成了我的读书间。报纸和谍报人员送来的情报我都在厕所阅读,然后撕得粉碎再用水冲掉。我竭力避免让别人看出自己是个读书人。

读过家兄的来信,我不禁为他执拗的简单和天真而失笑。如果我让家产损失过多、或者积蓄得过多,一旦恢复和平之后将会怎样?想到这里我不禁心里一惊。不管是损失了还是增加了,他都会怀疑我一定在什么地方私藏了家产,甚至这位司法官为了让我吐出私藏的家产,保不齐还会指责我是汉奸。家兄是下定决心、干得出这种事的人。桐野中尉并不是那种想把见到的所有东西都搬到日本的人,这算是不幸中的万幸。但家兄的信里,反映出了居住在未遭日军入侵的大后方的人们的黯淡心境。后方也是经济混乱,政府法令难于施行,投机奸商跋扈跳梁。想到这些,再加上透过厕所的窗户,看到已成为日军兵营的马群小学的校园,水一般的,或者,如果世上存在的话,那就有如固态化的水状的忧愁涌上了我的胸口。惟一的希望,就是此刻正飘扬着太阳旗的那根旗杆。旗杆和地下室的无线电发报机是连在一起的。

那是惟一的希望,此外的一切都黯淡无光,漆黑一片。连一年中最明亮的六月的大自然亦是如此。在我看来,这片土地上竟然还生长着树木花草,这些都应该受到诅咒,而当我发现自己心底竟有这样的想法时,也不由得惊愕。那么,怎样的大自然才是我所希望的?没有树木,没有一棵杂草,只有岩石和金属、荒凉、高硬度的大自然——这样的才是最理想的。一切都会在时间流转中变化的世界,对于现在的我来说是难于接受的。可是,如果一切不因时间而变化,如果现在的境遇和事态永不会逆转，那因此最为痛苦难耐的，也正是我自己……

人世的时间和历史时间，加重了浓度，加剧了流速，在来自于他国的异质时间的入侵和冲撞之下，强迫人们瞬间便与相爱之人永久诀别……

我也必将随着时间的轮转，最终被时间所击毁，再一次地迎来自己的死亡，如果真有来自神明的眷爱，那我但愿自己的冥府是一个灰色的山岩上到处闪烁着紫金色矿石的所在，它是天堂亦或地狱都无所谓，我只希望它是一个在微光中发出幽明的大理石般的世界。

我不希望那里是一片草木茂密之地。

为何会有这般奇妙的想法？也许原因之一，是因为我身处敌占区，在敌占区的秩序下生存，且沦为了敌军情报将校的奴仆，而"我"却在毫不妥协地以发送密电的方式相抗衡。截然相反的两个方向的情报，在同一个屋檐下交汇。另外，工作性质的原因，让我掌握了桐野中尉迫切想了解的大后方和中共解放区的情况，同时，对敌占区，即桐野中尉隶属部队所统治下的地区也有多于常人的了解。我清楚地知道，这三个区域目前都决非理想状态。而更具象征意义的，应该就是马群小学的国旗旗杆了。对我而言，这根悬挂着令我绝望、也让我反抗的太阳旗的旗杆,也正是我希望的象征。

此外的一个缘由,应该和我的年龄有关。如果按俗话所说,人生七十载。今年七月我就三十七岁了,人生过半,早就过了选这挑那的年纪。现在到了只有这或只有那的境地。而如果到了这也可那也叫的地步,这辈子就完了。

我觉得自己像骑在屋顶上眺望着两个方向的风景。一个方向是死亡,另一个方向是自己降临到的这个世界,两边的景象都看得一清二楚。在后一个方向上,自从自己对性有了冲动,就蒙上了观念的迷雾,但这片迷雾已渐次消散;而在前往死亡的路程之中,若以性爱为例(这是令人肝胆俱裂的例子,这半年里,我不得不目睹几十桩兽欲的发作。而莫愁恐怕也成了其中的牺牲品。她,早已不在了),我找到了可以直视性爱且能满足于其中的自己。然后是死亡。

然后是死亡——不管是被枪杀,或是被捅死,亦或病死,不管是什么,只要想到死,最近一段时间的我,便会地涌起对已不在人世的莫愁的浓烈思念。死亡,或者说杀气这种东西和性之间的距离竟如此邻近,虽然这半年来我被迫目睹了太多这样的事例,但我的眼睛仍然热切地追寻冥府中的她的身影。她是一个细长脸、长着中国人少见的深陷的眼窝,狭长眉毛,嘴唇总是冰凉的女子,脸颊上还有少许雀斑。记得在一次热戏(?)中,我们相互卡住了彼此的脖颈,我清楚记得她的外表根本看不出来的喉结竟是那么坚硬。瘦弱的她胸部扁平,股部和臀部也并不丰满。在做爱时,她习惯把手臂环在我的背上,纵情又有些忧伤地喊着我的名字"英——谛——"。莫愁如今正带着孩子,步行在只有岩石和金属的冥府里。

也许我已经极度地疲劳了。昨晚当我面对发报机时,竟然打了个盹儿(这是很危险的)。而且还做了一个这样的梦。

一个浑身发冷的缺血的男人躺在那里。那里是黑暗无光、浑圆而温暖的世界,虽然四周都是墙壁,但墙壁如海水般柔软,男人像是游在水里一样沉睡其中。他边睡边想:没到筋疲力尽就不能休息,筋疲力尽之后就可以一死了之,筋疲力尽之后就会死吧……可他同时又在沉睡中祈祷着:"求求你啊,你快醒醒!"

这就是我做的梦。

现在想来,那个被海水般柔软的四壁围起来的浑圆世界,应该是莫愁子宫的内壁了。性与生与死竟是如此的邻近,简直像是同一物体。科学可能会称其为一种生命现象吧。爱的原型、休憩的原型,对我来说就意味着进入、沉浸到莫愁的子宫中,仿佛在遨游一样地沉睡、休息,以这种方式而存在。在那里,应该有死亡的休憩和生命的运动同时存在的一种状态。那里的一切缓慢而温暖,同时又有一种无限定的紧迫感……充盈着生命的虚无。在子宫里休憩,还没有名字的生命在那里即将被创造出来。而如今那已经失去了。他们正步行在只有岩石和金属的冥府里吗?抑或,他们在完成了宇宙中的创造之后,最终像一团被阻断了光线的昏暗的星云般在漆黑的宇宙中浮游……?他们从那边召唤着:"你快醒醒!"

六月二日

今天早晨,来了一个有趣的磨刀人。而且还不止有趣,关于这一点随后详述。总之,南京城里终于渐渐恢复了日常的生活,商贩及手艺人的生意多了起来。随着生活的恢复,该开始的事情也开始了。

久违地听到敲打着竹板、走街串巷的磨刀人的吆喝声,我从家里冲了出来。这是一名年轻壮实的大汉。他是山东人,脸色宛如抹了漆一般的黝黑,额头上有一道疤痕。手掌又大又宽像一张大饼,脚很大,估计鞋得穿五十多码。

"磨刀了!菜刀、剪刀、军刀、大炮……还有各式刀柄,大炮柄也有啊!"

军刀?大炮柄?怎么回事?我有些迷惑。

"你说大炮?"

"是啊。磨菜刀、剪刀、长枪、步枪、军刀等各式刀具,刀柄也有。还有镰刀、锤子,也都有柄!"

黑脸男人用匕首般锋利、放光的眼神盯着我。然后不知为何,颇为郑重地缓缓低头行了个礼。这让我感到受了不当受的礼待,这才终于想起来,这名男子就是大约两个月前,在我和一群同胞一起沦为日军的挑夫,扛着沉重的行李,忍饥挨饿地行走之时(如果能用这个词的话),我瞅准时机放跑的那个年轻人。那时候,他最常说的一句话就是:"这么做太过分了吧!"

"噢!"我本想这样和他打个招呼,但被他锋利的眼神压了下去。

——原来如此!

我终于明白了。

菜刀、剪刀……他刚才罗列出来的一堆刀具和武器,好像有些诡异。但到底诡异在何处?我一下子没能领悟。况且这名男子眼睛里的光,纵然是个刀匠,也是过于锋利了一些。

"你说什么?你都能磨什么和什么?"

我又问了一遍。

"能磨菜刀、剪刀、锥子、军刀,手柄松动的也能更换。还有镰刀和……"

如果是镰刀和锤子,那不正是和这里相隔三条街的苏联大使馆的国旗吗?南京沦陷时,日本军队纵火烧掉了那里的仓库。

"星星也磨吗?"

黑脸男人神情严峻地环顾了一下四周,又转回来盯了一会儿我的眼睛,然后才稍稍动了动嘴角,低声说道:

"星星嘛,星星可要费点儿功夫啰。"

"是吗?要费点儿功夫啊。那火球[①]怎么样?"

我抬手指着马群小学的国旗旗杆。白底红圈的太阳旗,正被初夏的微风戏弄着。

"火球啊,怎么说呢,我们就是用火球来炼铁,再用

---

① 日语中"火"与"日"同音。此处的"火球"暗指日本国旗上的"日之丸"图案。——译者注

它来打刀具的啊。"

这就弄清楚了,共产党的同伴已经在这一带展开活动了。

"其实啊,刀匠铺这买卖要有耐心,一不小心,就会被批发商挑出卷刃的次品。要想把让全部刀具都锋利到恨不得一口气能砍死十几二十个人的程度,那可就不容易啰。这要花时间啊。这个行当就是要有耐心,常年修炼积累经验,否则就干不好。"

就在这时,接桐野中尉的汽车到了,中尉带着随从卫兵从大门走了出来。我和磨刀人都深深低头敬礼。若不敬礼,随从卫兵不管你是谁,上来就打脸。日本人非常喜欢打脸。我空手垂着脑袋,却发现磨刀人手里握着一把菜刀,而且是最大的一把。我看到来接中尉的汽车到了,就立即把拿起的菜刀、镰刀都放回到摊上。可磨刀人却特地挑了把最大的菜刀握在了手里。这清晰地反映出平素的精神准备和认识上的差异。所以,当看到汽车开远后,他说:

"老板,这把刀的刀刃可是货真价实的啊。"

他说这话时,我有些脸红和愧疚。同时也认识到,卖"镰刀和锤子"的磨刀人已经进入了南京城,这件事我根本没有向汉口汇报的打算。

推销结束后,他说了句:"我会再来的,下次给你捎件能动真格的礼物,火球和铁都能剁烂的真家伙。再见!"

他敲打着竹板,像是在传递着某种信息,竹板声让初夏的空气震动起来,他向远方走去,边走边回了一两次头。就如巡夜人的梆声加重了夜色,他敲出的竹板声响彻了苍穹。

磨刀人说,需要时间,需要常年修炼积累经验。二十世纪二十年代国民革命时期,我当时的年龄正好和这个年轻人差不多,我也曾游走在上海的里弄里从事地下活动。可那时的我没有意识到,这一切是需要时间的,还以为明天就能成功。这种认识不可避免地带来了痉挛式的、发动武装暴动的思想,反而加快了毁灭,遭遇到了挫败。

青春期的挫折感。我还未能从中完全恢复过来。

和磨刀人聊过一番后,我胸中开始萌生的那种灰暗的感情好像消失了。

时而我会这样去想(我感觉好像有人对我说,这也是难免的):包括我们一家人在内的几万人、几十万人遭遇到的这种不幸,或许是难以逃避的、难以超越的命运所致。在我心里,确有禁不住这样去想的念头。一旦在心里自语"原来一切都是宿命",随后,"所以请瞑目吧!"之类的祈求逝者安魂的现成词句,就会脱口而出。反正是因为发生了战争,所以,除了日本之外的全世界的报纸都采用了Nanking Rape、MASSACRE等专有名词的方式、将之作为日本军队在南京制造出的残暴的屠杀事件报道。发生那种践踏了人类一切规范的暴虐行为也是无可避免的等等,持这种事后诸葛亮式见解的预言家们如今已经出现了。千万不要相信这类预言家的话。预言家在本质上,都是怯懦者。事后做出判断的预言家,在民众中也为数不少。这些人中有的会说:

"是因为我们自己的懦弱、惊慌失措、犹豫不决,所以才发生了这样的事态。"

若按照这样的逻辑,就等于说招致了日军暴行的是我们自己。看看他们说这话时的近乎牧师般的异常满足的神情吧。他们只相信最坏的结局,而决不相信理性的希望。民众之中如果不能根绝此类的宿命论,战争就不会根绝,任何和平也都不会是真正的和平。发生了战争,继而出现最坏的事态,他们就会安心、满足,甚至会为此而幸福。他们甘心于自己的懦弱,为自己的懦弱而感动、欢欣。战争更能深深满足宿命论的情感。与其将和平理解为没有战争的消极状态,毋宁说,和平意味着不屈从于奴隶式的、宿命论的、毁灭式的人生观。

我一直在用"他们"这一复数指称来指代，可其实，出现在我的念头里的，主要是我的伯父。

磨刀人敲打的竹板声渐行渐远，我在门口发了一会儿呆。我现在的身份，是一刻也不容许发呆的。我必须打扫房间和庭院，必须处理餐食及一切安排，还必须装作去买东西，边买东西边和地下人员取得联系，还必须监视有可能成了双料间谍的K。然后，在深夜里孤独地面对发报机敲击黑色电键，去思考那些看似滑稽的根源性问题，思考关于神和永远、自然与生命、人类与爱，以及由这些要素所构成的戏剧。不要对我说，你这个忙碌的人，竟然还在想这些无用之事。这并非在开玩笑。如果对自己的工作和任务的满足达到一个饱和点之后，精神就会开始追求强烈的刺激，那就会坏事，就会轻易地被外力所支配。从事着必须在瞬间果断处理，否则便会危及性命的危险工作的人，更需要对上述永恒的命题有清醒的认识。只要放弃了思考，很容易成为流质物体或是机器。

我之所以在门口发了一会儿呆，也是因为那个磨刀人似乎为我送来了一阵清风。我自以为对他有所了解，但其实却有很多谜团，他的头部、身体、四肢，都是超大号的,手掌如果放到地面上,似乎能把大地吸住后掀起。和他讲话的时候,我自己好像也有了健壮的手脚和身体。而且,还有一点,目送着他离去的背影,一个茫然的、令我心疼的念头告诉我,这个男子有可能给我带来表妹杨小姐的消息(万分之一的假设,如果她还活着)。人群被集中在马群小学的时候,杨小姐是率先主张要把难民组织起来的人。我希望他要带给我的"礼物"是杨小姐!

伯父不失时机地戴着顶时下流行的巴拿马帽,撑着一把灰色遮阳伞,缓缓地踱步而来。

"哎呦,你回来了!啊?吃了不少苦吧?我不是说了吗,日军进城前你就应该在安全区委员会里找个职位,我认识那里的某某某,我那么劝告你,让你找个不会被敌人小看的中立的官职,你偏不听!"

"……"

我没有说话,看着伯父嘴里喷出的唾沫在太阳下闪着光。他并没有看我,而是从上到下、从左到右地仔细地打量着房子。这个家好像被他的唾沫涂抹了一遍,也好像被一只硕大的鼻涕虫用舌头舔过的感觉。

"那你老婆和英武,后来……"

哪里还有什么"后来"?就在我眼前,不,虽然不是真的在眼前,但也是在听得到哀嚎的地方,莫愁遭到强奸的事,他恐怕已经知道了吧。说不定他透过委员会办公室的窗户都看在了眼里。

我只能无言地颔首。反正过不多久,都会了解到真相的。

"你哥哥从汉口有信来吗?听说他在汉口做投机生意,赚了不少钱哩。"

"……"

"那你呢?在做什么……?"

我明白了。头脑简单而又贪婪的伯父,一定是来看我家房子的,他盼着能把我家的房子据为己有,所以才来的。但他一看不行,因为家里住着个桐野中尉。他也有可能会恳求中尉让他来同住。毕竟,这栋房子只住中尉和他的随从,还是显得太空旷了些。

"我哥哥嘱咐我一定要保护好这个家,我听从兄长的话,所以你看,我做了奴仆来守护这个家。"

"是吗,是吗,那也是尽本分,够忠孝的。我走了,你老婆和孩子的事情,就当是一场灾难,死心算了。没法子,没法子。"

我尽量装得谦卑,装成一个在一场灾难里死了老婆和孩子的呆傻男人,频频颔首。

能够把现象当作现实,可随外力顺势而变的精神,那该有多么幸福啊。他扣上白色巴拿马帽,撑起灰色阳伞,摇晃着衣服下摆,迈步走了。

近日,听说我平素敬重的北京文人周作人先生,认为中国没有军舰、没有飞机,所以没法抵抗,而暗下有通敌之意。绝望已经深深根植在文化根源之中。但是,也有要用红色火球锻造刀刃的青年!

关上门,我绕到后院除草。草丛里时而能看到闪闪发光的物体,原来是碎玻璃。我不禁想起去年围城后,和英武、杨小姐听着远方轰隆隆的炮声,在这个院子里说话时的情景。那时,英武捡起了一枚红枫的枯叶,对我说:

"爸爸!真漂亮啊!"

连一个五岁的孩子都在通过死亡去观看风景,这曾经让我心里为之一惊。

除完草,走到通往院子的门廊边,正好看到牵着军马的日本兵接二连三地组着队列,从马群小学往外走。等他们都走了出来,校园空无一人之时,仿佛是填补那里的虚空,去年十二月十四日夜以后的追忆,组成了一股血红色的激流,泛着血沫往我的头里、眼里、耳里奔涌。在这之前,我尽量不让自己去回想,一直拼命掩上耳目,试图抑制住那些追忆。

十四日白天,日军强迫我们把一批批被砍死、刺死的同胞的尸体扔到后门外的河沟里,而那里面还有气息尚存的人。之后的半个月里,几乎每一天我都能听到军刀砍人时发出的"咔嚓"声,刺刀捅入时的"噗哧"声,还有"饶命"的叫喊,以及喊叫声渐弱后残留下来的无声之声,无日不如此。十四日傍晚,我和怀着身孕的莫愁、英武、杨小姐蹲着身子,混杂被赶到马群小学讲堂里的五百名男女老幼之中。按照杨小姐的提议,为了防止不必要的杀戮,要将这五百人"组织"起来。我试着在绝望的人群中逐个寻找合适的人选。在日本兵的厨房里,有四个充当伙夫、挑夫的男子,我发现其中的一个是谍报员K。那时候我开始怀疑,K会不会是一个双料间谍。因为纵然他是谍报人员,但这样的安排也太过巧合,太过神速了。谍报人员需要掌握和人交往的技术,但如果被知识和技术所控制,思想就会失去节操。

那时候,K告诉我,日本兵搞到了大量的酒,他郑重警告说,天黑之后他会设法协助我们从后门逃走,还极力劝说我"这时候就不要再顾及这五百名同胞了"。我回答说,"这无法做到。"我还对K说,你应该会讲日语,希望你能和我一起去见这支部队的长官,让他联系一下安全区国际委员会,把这所小学划作安全区。K终于同意了。傍晚六点,我见到了部队长。我做好了决死的准备。当人不再是具有独自人格的个体而化为难民这一群体的一员之后,再从群体中自告奋勇、作为一名个体挺身而出是极度危险的。有时候,仅因突显出来就可能被杀掉。粗短身材的部队长将白柄军刀放在身边,正在和幕僚推杯换盏。K对负责炊事的下士传话后,下士向中级将校报告,将校再向副官报告,副官报告给了部队长。其结果是从部队长那里得到了好消息,他说自己马上要去司令部赴庆功宴,届时会转达此事。

可是,当部队长和将校们悉数离去,而下士和士兵喝得烂醉之后,最糟糕的事态发生了。

那天的一整天,在号称"处置俘虏"的名义下痴醉于杀戮、痴醉于死的士兵们,晚上醉酒之后,又开始痴醉于性了。在这里,性和死也是如此邻近。

就在那之前,特别是当我报告了和部队长谈判的结果时,各个阶层、各种职业的五百名男女难民几近欢欣地(?)彼此融洽起来。经历死亡的打击之后,他们好像松了一口气,看似重又恢复了对身边人的亲和,带着香烟的人把香烟分给别人,带了食物的人也拿出来与人相让。一时间,所有人都成为最善良的人,那种景象看起来甚至有些不可思议。从中甚至可以隐约感受到一股能够结成抵抗根源的意志,那就是不论多大的灾殃大家都要共同承受下去的共识。所以,当我看到杨小姐让会讲日语的人组成对敌班,让懂得医务的人组成医疗班,又组织起照顾老人、儿童的女子青年班等等,一组一组地把大家组织起来,我甚至感到畅快。这是身处灾殃之中的友爱与团结。可是,谁也无法预料,下一个瞬间又会发生怎样的变化,松散的临时性"组织"果真能够维持下去吗?

这让我立即联想到,在炮击之下我们一家人被唤起的某种幼稚的情感,俨然全部生活都如同过家家的游戏。这种倾向似乎扩大到了南京城的全体难民之中。战争也许能将人还原到(判断力尚未成熟、甚至欠缺的)儿童。而那些尽其所能大发兽性的日本兵,或许也是因为被组编到个人判断力一无所用的组织中,才退化至无意义地将蛙、鱼、蛇折磨致死来寻开心的残酷。

讲堂里,每个人都在刺骨的严寒中打着冷颤,婴儿的哭喊声有如燃起来的火,伤者的呻吟声也混杂其中。整体而言,就像在鲜血和脂膏打湿的黑夜下的旷野里,流浪民众围聚到了仅有的一盏温馨灯火旁,嘈杂声中也不无和睦。

但是,我却无法因此而感到放心。教室里的酒宴上,敌兵的歌声和叫骂声渐次高亢起来,一阵阵传入耳中,也让人愈发心神不宁。九时许,K出现在走廊里,他像老鼠一样在走廊上爬着,时而跪立着身子在做着什么。当我看到他时,他也发现了我,他用手指向我做出谍报人员特有的暗号。他在告诉我,那里和这里、这边和那边的锁已经打开了。K又用手指告诉我,一切都是徒劳的,他们一直在喝酒。我紧张起来。"一切"的意思,指的是和安全区国际委员会的谈判吗?后面的暗号,好像是烂醉如泥的意思,那之后还有一个手势,但到底要说什么,我没看明白。

K的身影再次消失厨房方向后,讲堂里讲坛旁边的门打开了,两个解开了上衣纽扣的敌兵蹿上讲坛,唱起了一首歌词听不清、但却带着一股诡异的悲调的歌曲。两人的身体烂醉得都直不起来了。唱的也许是首军歌,但不难看出,接下来唱的应该变成了以女性为主题的曲子,再接着唱出来的,显然就是关于性的了。我们分头行动,把哪里和哪里的门是开着的信息,告诉给了大伙儿。

讲坛上不知何时就站满了敌兵,有的开始做柔术一样的动作。讲坛后方还传来了一板一眼地弹奏出来的钢琴声,敌人里也有五花八门的人,这也是理所当然的。有人还跳起了舞,俨然像在举办以我们这些难民为观众的军乐舞会一般。

然而,没多久,该发生的事还是发生了。前排的两名年轻女子被拖上了讲坛。这时,难民的人数开始逐渐减少,只是还不太明显。我们也在用膝盖一点一点往前蹭,改变着位置。

敌兵抓住了在讲坛上拼命挣扎的女子,拼命想扒掉她们的裤子。一切反抗都无济于事,在威逼之下,她们的下腹部最终毫无遮掩地暴露出来,其羞涩之状目不忍睹。

但意外的是,那个时候也就到此为止了。两名妇女被放开后,赶紧穿上了衣服。可这只是一个还算礼貌的序曲而已。醉酒的敌兵越来越多,他们直接闯进了难民群中。随之,在众人面前,无法挡住眼睛也无法掩住耳朵的事态,随处在身边发生。这种情形之下,已经无法讲团结了。被抓住的妇女拼命拽住其他女人的衣袖,想逃出来让别人去顶替。某处的玻璃被打碎,立即在那附近就响起了枪声。眼看妻子就要遭到强暴的丈夫,用玻璃碎片刺向了敌人。出口处站着两个手持短剑的敌兵,我们蜂拥而上,冲出了一个缺口。那时候,我的左上臂被刺了一刀。冲出来就是一间马房,狭小的马房里挤满了人和马。就在我前面,不知是否被马蹄所致,躺着一具肝脑涂地的幼女尸体。就在这时,所有的电灯突然熄灭。现在回想起来,K最后打给我的手势,可能是说他会关掉电闸,让我乘机跑掉的意思,可是为时已晚。虽然对不住那些死去的人们,但对全体而言,这时候不失为一个适当的逃跑时机。K是一个善于冷静计算的人,但他的冷静,有时也让我焦急和愤怒。就像这次一样,甚至会让我失算、做出误判。

随着人流顺着讲堂的屋檐往体育场方向跑的时候,我的脸砰地一下撞到了人的腹部。一个女人在那里上吊了。杨小姐爬到窗台上用小刀割断了绳子。她偷藏了一把小刀带在身边。搜身的时候如果被发现,马上就会被处死的。跑到运动场,我牵着莫愁,杨小姐抱着英武,我们正要再往前跑,明晃晃的灯光打了过来。两辆卡车的前照灯同时打开,机关枪响了起来。很多人在翻运动场的矮墙时被铁丝网刮伤。我们四个人所幸都没有中弹。

越过一块旱地,我们漫无目的地踉跄前行。身后的枪声和哀嚎声不绝于耳,惊悚和恐慌让我们谁都说不出话来。这一带本是我熟悉的地方,可是一时血往头上涌,黑暗中,根本辨不清是在往哪个方向走。踉跄之间,踩到了好几具尸体,甚至还一脚踩到了流出来的肠子。

走到一处野地里丢弃着许多棺木的地方时,天上飘下了雪花。莫愁在棺木之间坐了下来,我以为她快要临盆了,但却不是。她低声说,这里是一块善地,想在这里自尽,看到了那种光景,就不再想活在这个世上了。然后,她死死地趴在洒满一层薄雪的地上,再也不肯起来。

片刻间,四个人都只有沉默。

被吓坏了的英武,身心的疲劳达到了界限,竟然睡着了。

杨小姐静静伸出双手,把英武从我怀里抱走,把他放到被炮弹炸成两半的棺木里,让他安睡,然后为我包扎伤口。

裹紧上臂止住血,用备好的止血药涂在伤口上,又缠上了绷带。这时,在近处听到了猫叫。

喵、喵……

连趴在地上的莫愁都坐了起来。

两个发着幽蓝色的金光的东西,在对面三米远的棺木上凝视着我们。此前,我曾看到过一只白猫在同胞尸体上咬食咽喉,我下意识地抓起土块向它投掷过去。它却连两米都不肯跑。我们如果在这里死去,这只猫也会吃掉我们的咽喉吧。我想站起来去赶走他们,但莫愁却抓住了我的手腕。

不远处有手电筒的光束闪过,我们夫妻将杨小姐夹在中间,趴伏在地上。脚步声和晃来晃去的光束远去后,三个人都不出声地抽泣起来。英武睡得死死的,他已经整整两天没吃过一顿饭,我们担心他会冻死在饥寒之中,所以把他从棺木中抱起来摇晃着,可仍然无法将他叫醒。没多久,我们也昏睡了过去。

雪一直在下。

不知过了多久,我才醒过来。可能是因为手臂的剧痛。回过神来时,看到我们面前有一匹高大的白马,妖怪一般地站在那里。马好像也在流血。

白马凝视了我们片刻之后,低垂着头,大踏步地消失在雪中。

那到底是妖怪,还是我的幻觉?

人在看到了人的极限景象,或是精神被逼至极限后,往往就会发狂。实际上,讲堂里就出现了一两个发疯的人。

那一夜之后,我也见到了许多次的悲惨景象。

我看到过被十几个人轮奸后再也不能站起来行走的一名少妇。少妇已经死了。

我也曾经看过几十个跪在地上双手合十,以一副神佛听不到祈求声就决不罢休的姿态、做出完美无瑕的祈祷姿势的人。

我还看到过树干被炮弹炸得分了叉的一棵树的粗大锐利的树杈上,挂着一个被捅死的浑身赤裸的人。人与树木被双重杀害。

断头、断手、断肢。

野狗在吃裸尸的时候,必定先从睾丸开始,然后再吃腹部。人在戳裸尸的时候,也会先去戳性器,再顺手剖开腹部。

狗和猫在吃了东西之后,还知道它们的去处。可是,人在杀戮之后,是不知道该去往何处的。如果还有去处的话,那就只有再次走上杀人之路。

过去,有人写过神曲(Comédie Divine),几百年过后,又有人写了人间喜剧(Comédie Humaine)。如今,该创作兽性剧(Comédie Bestiale)了吗?!

我决非是末世论者,但是——

莫非,我更想认定那些向我们挑起战端的人,决非是正常之人?我想起了池水掏空后留在池底的乌鱼。

有个声音在说,战争当然会让人去杀人。

由骨骼和肌肉组成、神经密布且能运动、感知、思考的如此完美的身体,却要被几万、几十万地化为最丑陋的尸体,如果一定说有这样的价值观,那也只可能存在于妄想的世界中。

人,即便腹内有着和鱼的内脏相同的东西……

从那时起,每当遭遇到人在杀人的场景,那茫然伫立的白马的幻觉、幻视就会重现。此外,我还看到过猫、蝙蝠、死去的树木和火焰等等。

随之,我便希望,自己能前往到一个没有这些东西存在的、仅有岩石和金属的世界里。

熬过了一个风雪之夜,天明后,我见到一名西方人带着一名中国人走在路上。于是,我向那个西方人求助。

那是一个叫马库吉、或者叫马吉的美国人。那时,无法得到同胞的援助,而只得向第三国人求救了。如今,在同胞间的争斗中受伤的人中,也有人投靠了日本人。

这个叫马库吉、或者马吉的美国人,将孤零零坐落于路边的住宅一家一家地打开,拍摄里面的情形。每一处房子里,都有或在哭泣或已死去的女人,和或是垂着头或已死去的男人。

我们终于来到了设在金陵大学的安全区,可是那里,也遭到了以搜查俘虏的名义闯进来的敌兵的侵扰。

莫愁、英武、杨小姐的事情,我不想再提了。我已经清楚地看穿了他们的命运,而决不是幻觉。

在安全区里,当我再次见到伯父时,他重复着先前说过的话,最后他说,之所以到了这一步,归根结底是中国青年层的堕落、腐败所致。当鞭挞青年堕落的声音高调响起,青年人啊,你们一定要认识到,那就是成人们在做战争准备的信号。

十二月十九日下午三时,我因左臂上的伤口而被认定为俘虏,不得不向所有人告别。那个时候,哪里都见不到伯父的影子。但我难于消除一个疑念,那就是他很可能正从某个窗户里看着这一切。我被人用电线从身后绑住双手,押上了卡车,车到达西大门的时候,就已经听到密集的枪声。押运在前一辆卡车上的同胞被处理完毕之前,我们要在这里等待。日本兵解开绑住我们的绳索,把我们摁在地上跪着。

我好像曾经这样写过。

在即将与这个世上的自然和人诀别的临终之人的眼中,所有景色都如同透过了一层透明薄膜一般,呈现着过滤之后的美丽。

也许果真如此。

一种主观的极限。对这个世界的认识被定格后的极致之景。

但我想说的是,这时候的那一种孤独,是以你对自己所爱的男人或女人的爱情或友情,以及世上种种情感为基础的孤独,是因为你看到了纯化到近乎理念的爱情、友情的缘故,而被并非是因为你看到的风景本身。无论是怎样的死,死都是同一的。然而,对毫无理由地就要被杀戮的人而言,他们透过鱼的内脏所看到的风景,必定是荒凉而没有任何意义的,不论有无杂草或树木,也不论是否有雪花飘落,都必定是只有岩石与金属的风景。

完美的美、完美的真理,好像都并非都是绝对美丽或看上去煞有介事的。但它们也决非似是而非的存在。

行将死去的人,其实是非常忙碌的。知道为何要给即将病死的人注射樟脑液等等,延续他们的生命吗?出于何等目的要延续生命呢?看起来那是出于生者一方的关怀,希望他们能多活上哪怕一秒钟,其实并不然。正如活着需要努力和体力一样,死亡也需要努力和体力。那么做,实际上是为了死去而保持体力上的需要。原来为了死去,肉体上竟要付出如此这般的努力。我们被迫跪在雪融后的泥地上,同时,又被排在后面的同胞发力用肩膀推搡着往前。他们朝着死的方向,朝着西人门外枪声传来的方向,拼命又强有力地拥挤过来——!

我们大约每百人被分为一组,穿过昏暗的西大门。后面的同胞挤到了前面,是因为前面人不愿意出去,后面的人却往前拥挤,于是产生了一种奇异的力学运动。在门外和门的上方,架着几挺机关枪,从上方和侧面朝着走向门外的人扫射。倒地的尸体一具具向门前的护城河里栽倒下去。护城河上架着一座桥,桥架在城门对面的稍靠左的方向,日军为了把这里作为刑场,派壮丁将门外的道路铲去了一半,形成了一个陡坡。没有立即死去的人不想掉进河里,就拼命地扒在坡土上面。于是,士兵就过来用刺刀把他们刺死。我不知道自己究竟是怎么活过来的。应该是在天黑以后从护城河里爬了上来。我从死尸堆里钻出来,走进了一座空房,也许就像先于我蹲在那里的人所说的那样,我一定是在被机关枪扫射前的一瞬间伏倒在地,跌进了护城河的。

在那座空房里，我们两个人藏了十天。附近的人每天给我们送来粥喝。我发了高烧，不知被谁救治了过来，也许是患了肺炎。万幸地退烧之后，当我拖着病体往金陵大学的方向走时，被一支行进的部队里走在队尾的日本兵叫住，"喂！你！"于是被迫去为他们扛行李。从那以后，四个月过去了——

为何一定要将如此惨状记录下来呢？明确地说，那是为了我自己，为了我自身的复生。

我如今作为生者，兼做着发报员和奴仆这两项工作，但实际上，却是在只有岩石与金属而没有时间的世界（我甚至想用美丽一词去形容那里，这似乎与自己之前所言相互矛盾）和六月时节的山川草木生机盎然的世界之间、在非人的世界与人间世界之间的边界上彷徨着。我想要复生回归的到底是哪一个世界？对这一根本性的问题，我一无所知。

但确切无疑的，是我失去了莫愁子宫内部的世界，失去了那片对自己来说意味着爱与生命之源的所在，也失去了已经孕育在那里的新生命。

在如今的我看来，死与生与性都是同一物。我仿佛看到了流逝过来的纯粹的时间，一匹白马拖着颈上长长的鬃毛，向暗黑的宇宙奔驰而去。

×月×日

我虽然记的是×月×日,但今天其实是六月三十日。

我自己其实是清楚的,只是,对某一状况的清楚认识,反而让我痛苦。我陷入了绝望,对于制造了世上称为"南京大屠杀"的暴行的敌人,绝望得连憎恶的气力也没有了。

七月二日

基于将在后面记述之事,我发现昨天日记的全部内容,以及去年十月三十日以来的日记里,有一些错误认识。至少,就认识方法而言,我发现昨天写的都是错的。这证明,生存在异国军事统治与黑暗的政治气候之下,是多么轻易而又自然地让人分裂与堕落。——在这里,我必须马上补充一下,严格讲,"异国"云云的前提其实是不需要的。因为,一切都是人的问题。甚至可以这样作结论,我们之所以必须击退他国的军事统治,打破黑暗的政治气候,也正是为了更纯粹地思考人的问题。对此,我将展开自己的思考。

发生了这样一件事。今天下午,我去为桐野中尉买晚餐喝的酒,并在那里和K接头。我的口袋里,装着拍摄有桐野中尉带回家里的全部文件的胶卷。我正在思量着到底还能不能把它交给K,这时,一个女人的身影从酒庄前闪过。这里想所说,就是这个女人。

一个长相和背影都只是匆匆一瞥的陌生女人,竟要谈对她的认识。我这样说,恐怕会有人笑出声来,而且笑的人会不止一两个。我想到自己会被嘲笑,立即感到有空虚而又震耳欲聋的,甚至是攻讦式的笑声轰响起来。笑声冲击着这个狭小的地下室的四壁,通过无线电发报机里的真空管,增加着波长。

去年冬季,当南京被日军洗城,我在安全区国际委员会设置的安全区里,被敌人认定为士兵——俘虏,诀别妻儿之后,在白人一组的大屠杀中九死一生地幸存下来,我便开始被各种幻视、幻听所折磨。时而,会有某种感觉,好像听到了什么——某种幻觉的前兆,就会立即让我的神经进入到幻视、幻听的状态……有时,会看到白马拖着长长的鬃毛向漆黑的宇宙间奔驰而去。有时,会听到难以形容的人与动物的悲鸣,这种悲鸣盖过了世上的一切声响,钻入我的肉体。

"叽、呱!叽、呱……"

每当从这些幻视、幻听中清醒过来,茫然之中,如果我不去努力控制住自己,我便会被突如其来的愤怒所支配,冲动之下,只想去把能撞上的敌人都杀得片甲不留。

激情(passion),原来是如此被动(passive)的产物。真正的行动者和认识者(两者决不可能是截然分开的),必须是与激情(passion)相对立的自由思想的持有者。

屋内的笑声,终于停下了。

在一个神经正常之人,例如睡在二楼原家兄床上的桐野中尉,是绝对听不到这种咯、吱、咯、吱……最后逐渐变成咔……咔……咔……的声音的。在这里,我把桐野中尉称为神经正常之人,其实,我对他的憎恶是不容许我把他视为正常人的。可是,我必须抵御住自己的憎恶,一个被无辜起诉的人会认为对方一定是个疯子,这种错误我决不能犯。

他以及包括他在内的那个集团,试图维持他们的那种正常。而我,置身于这种异常之中,却必须超越他们的那种正常,以建构出别样的正常。

我本来是要讲述从我眼前一晃而过的女人的,却绕了个大圈子。为了活下去并且能忠实于自己,看来我必须检讨自己的一切。

装在裤裆下特别缝制的口袋里的两卷胶卷,碰到了我的大腿根。我正盯着K转来转去的眼睛和他讲话,这时,这个穿着灰色旗袍的女人走来了。细长脸,长着中国人少见的一副深眼窝,眉毛狭长,脸颊上还浮现着少许雀斑。身材精瘦,胸部也不丰满,臀部很小,让人感觉她可能患上了结核病的样子。

说她像患上结核病有些多余了。总之,我想说的是,她和我的亡妻莫愁长得一模一样。

这句话因为难以说得如此露骨,所以才将结核病之类空想出的病患强加于她。如果任由自己空想妄想下去,现在的我可能会发明出与肉体和精神相关的所有病症,而且能让这些症状都得以实现。

我没有把胶卷交给K,而是交给了另一个和我接头的人。拎着给中尉买回的三斤美酒,在回去的路上,这在战乱发生后还是头一次,我感到自己的性意识从平地升起,回味和感受了与莫愁交欢的整个过程。我流着冷汗追思、回想,顶着炎炎的烈日,绕道穿行在废墟里的道路上。

我对于女性认识的是如何形成的?

为何眼窝异常凹陷的女性对我有吸引力?为何当我看到那种相貌的女性,便会感觉到说不出来的喜悦和熟悉?个中缘由,恐怕可以追溯到在小时候住在上海时邻居家的荷兰人的女儿,也可能和当时内心里崇尚西方有关。暂且不论莫愁和今天见到的女人,就后一个缘由而言,从桐野中尉(这个人似乎不是职业军人,根据从日本给他寄来的信件判断,他应该是一名应招入伍的大学教授)慢慢开始搜罗西文书籍来看,我甚至会偶尔对他抱以某种亲近感。

这些看似都是些微之事,但却决非如此。以我为例,对于女性容貌无意间流露出来的好恶,这种细微的、而且是发自于隐藏在内心深处的某种情结的东西,是能够上升到忠诚与背叛这一决定性事态的。

所以,对于眼窝凹陷的女性所产生的印象暂且不论,回到我自己的话题。源于我的久远记忆的说不出的喜悦之情,俨然将深陷的眼窝作为衡量美貌的前提,投射在那种面容之上了。而对此,我自己几乎毫无自觉。这一点,我今天才领悟到。

这种下意识的心理,如果仅限于和女性的打交道,即便会有危机发生,也还不至于有极端的风险。总之,某种说不出的喜爱以及某种说不出的厌恶,不论其程度如何,严格讲,都是放弃了进一步了解其缘由的努力所做出的轻率判断。其实,我自身的认识与判断,都整体地包含在了这不知不觉的空想之中。

无意间的空想、无意间的好恶(这样的词语,应该并不适于我下面的思考),让我今天看到与莫愁长相酷似的女人之后,心跳加快。那么,对于敌人的生理上的憎恶,以及源自于憎恶的被动(passive)的抵抗,究竟是否能够持久性地坚持下去?对此,也该用同样的比重去深入思考。

理应还原给身体的激情和心像,必须尽早让它们还原给身体。然后,再用这样的身体,以自由的意志和思想再度出发。否则,我就将无法控制和克服困扰着自己的幻视、幻听。也不可能因为已经神经衰弱,就能去青岛的海边休养。

可是,不妨再一次问一下,为什么?——今后,也会多次这样自问的。为什么我要去考虑如此繁琐之事?

那是因为,仅凭只能还原给身体这种程度的爱憎以及只有本能的爱国心这一不正确的情感,是不足以和敌人持久抗战的。一旦被捕,也是不能让人忍受住拷打之苦的。我不是一名军人。我是一个失去亲人的孤独者,因此,我想要挖开孤独的地基。我如今要争斗的对象,是我自己的认识。认识革新之剧,才是我将演出的戏剧。

也许会有人这样问我:我们的农民和工人都在简单朴素地抵抗着敌人,而你为何要经过如此复杂的程序呢?其实,这也并非有多复杂,我仅仅是在思考而已。正像如果农民手中没有枪杆子,就只能在黑夜里抡起铁锹去冲打一样,理性不过是一种工具。学生时代,我曾经选修过哲学课程,当时也曾经感叹过认识论真是一门复杂的学问。而今天,它竟能如此直接地拯救我的人生,在这个动荡的时期,它作为赋予生命以意义的存在重又回到我身边,这是我完全不曾想到的。

今天一瞬间瞥见的身穿灰旗袍的女人,让自己追溯到自己的幼年时代,我对此深感欣喜。在人生的连续性随时有可能断裂的战乱年代,我自己的人格也不知何时会发生裂变,我无法摆脱对此的不安,担心自己人格的断裂。但我终于清楚了,我自己不是那种随波逐流的人。总之,要和同样是人、若把他们也当作人类一员的话也的确如此的日军长久地、长久地战斗到底,能经受得住被杀乃至一定会再一次被杀的刑讯的最强有力、也最为明确的观念,是决不会在政治家们惯用的"帝国主义"之类的煽动性的报道词汇中产生的。

我之所以说自己在昨天的日记中犯了错误,正是由于我自身的意志没有真正地参与其中。"陷入绝望",我多么轻易而又厚颜地写下了这几个字。

昨夜,我如果突然被捕,我一定会露出种种破绽,进而会在破绽中被抓住尾巴,最终走向崩溃和毁灭。伯父的事情恐怕也不能一概而论。抵抗的必然性,只有当自己成为它的缔造者时才能抓得住。必然性只能以某种方式而存在,它决非是为了束缚人,而是为了让人们去有效地利用。在独自一人孤独作业的过程中,人会自然而然地走进众人之中。

"因为人人如此"或是"因为大家都认为那样做是对的"之类的被动式的思维,就好比一台计算的机器。不能自行缔造出必然性的自由,决不是真正的自由。

惟有缔造者和具有缔造精神的领袖,才可能被尊崇,而被缔造者则不然。去年六月三日,国民党中央监察委员会根据二月二十九日至四月 日在汉口召开的临时全国代表大会的决议,恢复了多名曾经遭到驱逐、被捕入狱的政治人物的国民党党籍。其中有陈独秀、张国焘、彭述之、包慧僧、林祖涵等共产党员的名字。在这场战争中,究竟哪一方会成为抗战思想与理念的缔造者?六月九日,国民政府鉴于汉口局势危急,面向残留在汉口的政府机关发出了向四川重庆及云南省昆明转移的命令。蒋主席在撤离汉口之际,还发表了告军民的诀别声明。这一系列事态,让我深深为之忧虑。因为我感受到,政府正逐渐依赖于他国的援助和敌人本身的动向,化作一个被战争本身所绑架且依赖于它的被缔造物。对于我的这份爱国心,你不必笑,是发自于积极的认识论(可是,不积极的认识会存在吗?)的爱国之心。

之所以这样说,是因为我虽然在战争中失去了妻儿、沦为奴仆,但却依然对战争之重大性抱有顽强的怀疑。的确,伴随着战争及对抗行为的所有残暴,所有死亡,都是悲剧性的,都是残忍、悲惨、具有极端的戏剧性、轰动性的。但是,战争到底有多重大?到底对于历史,对于一个民族的命运是否真的具有决定性的最大作用?这虽然并没有多少怀疑的余地,但我仍然认为,也是可以去强烈怀疑的。战争中似乎总有很多戏剧化的成分,戏剧化成分是不能够改变事物与实践的实质和方向的。我对蒋主席发表告别汉口的声明时的悲怆语调多少感到困惑。果然,因汉口军民人心波动,政府向重庆的迁移不得不延期至六月二十三日……莫非,政府被战争绑架,失去了对于中国自身的历史道路和历史进程认识……?

七月三日

今天,我很想抒情。对此,容后面再叙。

桐野中尉今天一早就去了安庆,安庆是六月十二日沦陷的。二十三日,湖口沦陷。照此下去,本月末九江就将陷落,秋季时,武汉三镇恐怕就要陷落了。一败涂地。败风吹遍全国,挟起尘埃从人们的心头掠过。有消息说,政府已分裂为两个。

中尉出差去了安庆,我还是从伯父那里听说的。在伪政府卫生部就职的伯父,十天前和敌军一起去了痢疾、伤寒、霍乱正在肆虐的安庆,这本来没什么稀奇。恐怕他正在到处奔走,实施着最简单的瘟疫扩散阻止法——放火。发生了疫情的村子,或者城市的某个区域,将被封锁起来放火焚烧。对于那些卧床不起的患者而言,等于是一场生前的火葬。可是,在卫生部就职的伯父,为什么能在十天前就知道桐野中尉这个情报将校的出差计划?伯父近来的奢侈之状,一定和他用放火代替了药品,把本应用于卫生对策的药品转运到黑市里流通有关。可仅此就能解释吗?我看是不能解释的。恐怕,他的脚已经迈入了来钱更快的特务机关,所以,他才和桐野中尉有了接触。他一定是试图通过这样的途径,寻找把我家的房子和全部家产据为己有的机会。一溃千里,战争会拖延下去,前景完全无法预测。所以伯父才会认为他自己不会有问题。特务机关和伯父的关联足以让我毛骨悚然,甚至感到恐惧。这不是因为我对敌人的特务机关感到恐惧,也不是因为担心房子被占、被家兄训斥。说得明白些的话,是因为我必须要把他处理掉。伯父不知道我从事的工作和掌握的技术,也不能让他知道。也正因此,我十分讨厌他。他总是在溢出嘴边的白色唾液好像黏在了我的心上。

桐野中尉的外出让我有了空闲时间,我就把K等等和我联络过的情报员一个一个地分别邀请到莫愁湖畔的亭子里,询问他们的个人生活情况。除了K之外,其他的人都说想回乡下看看老婆孩子,这也是人之常情。我就让他们分别错开日期,都回去一趟。

需要警惕的是,我们已然感到疲倦了。所以我们必须有这样的准备,那就是,需要我们承受的第一次、也可能是最为严酷的打击,可能为期不远了。在它到来之前,我们必须充分地休息调整。家在乡下的就回到乡下,有妻有子的就回到家里的炉灶边。

可是,对我来说的炉灶边,那就是莫愁。我和妻子在结婚之前经常去莫愁湖畔散步,经常徜徉在湖边水榭。妻子的本名叫清雪,我借用了曾居住在湖畔的六朝时代的女诗人莫愁的名字,来称呼她。

莫愁湖是我们的故乡,在莫愁湖畔,我们彼此产生了难以名状的情感。是爱,是同一个世界包围了我们,它是我们用灵魂创造出来的。是我们将自己创造出来的东西赋予了"爱"的名字。有了名字之后,它就开始存在。如今,在"爱"开始存在的湖畔,泥土被翻挖,被炸开,夏草里散落着没有炸开的炮弹,生锈的坦克裸露在草丛之中。

接下来,就对付一下今天日记一开篇,记在日期后面的"抒情"二字吧。

照实说,这里所说的"对付",实为"驱逐"之意,也就是要击败它,直到把逼迫到还原为坚硬的观念为止。如一部分诗和小说那样,一味夸大的激情化、感情化、情绪化的东西,不是我所希望的,因为那会为我带来不利的影响。战乱发生、莫愁死去之后,第一次来到莫愁湖畔,我却想要拒绝"抒情",我不认为这会违背亡者的意愿。若是含混其词,"爱"反而会腐烂。

有时,失去才意味着真正的获得。

——这似乎是所有抒情诗人的诗情之源,然而,现在的我,却想剔除掉包含于这种思维方式中的依赖根性,从而否定和拒绝它们。因为在这一思维方式中,必然地包含着我们所获得的某物乃是失去了的人或物所创造出来、赋予我们的被造物意识。

纵使我有作诗的才能,也决不会为莫愁创作挽歌或安魂曲。在马群小学策划集体逃亡,终于从烂醉于死亡和酒精的敌人魔掌中逃脱,虽一度成为卡车前照灯和机关枪子弹瞄准的目标,最终得以保住性命、越过铁丝网,在散落在野地上的棺木中间,为躲避手持电筒、四处走动着寻找杀戮和奸淫对象的敌人趴伏在地上的时候,近在咫尺之处,我看到了雪夜中一匹低垂着脑袋的白马——之后,它看上去像是朝向漆黑的天空飞驰而去。这匹白马的形象,才是我想要描述和咏唱的。因为那也就相当于描写和叙述我们一家人的绝处逢生。

可是,"失去才意味着真正的获得"。从沦亡中我们必须要学到更多的东西,这似乎就是我们的命运。祖国的沦亡、家庭的破碎。但我们不能沉溺于沦亡的命运之中。沦亡只是人类历史及文化的短短一瞬,而且会逐渐地化为物质。

就我和莫愁的关系来说,家庭于我而言,是我带回很多知识和经验,在那里得到验证之后,再将其悉数汲取到体内的一个所在。

为我开启了世界,帮助我去验证了那些知识和经验的莫愁,遭到敌兵奸淫,死去了。我没能亲眼看到她的死。在那之前,在金陵大学的安全区里,我被日军用电线绑起来,押上了卡车。

她已经死去了。死去之后,化作了物质。

灭亡,如果只有全面而彻底的灭亡,恐怕就不会生出"灭亡"这个词了。某一物、某一人、某一国的沦亡过程中,如果在其全面、彻底的沦亡降临之前,没有生出与沦亡存在因果关系的全新的价值、全新的事物,那么,沦亡又能有怎样的价值呢?我们中国的历史,特别是近代史,就是沦亡的历史。在各个重要的节点上,都诞生出了新的价值。

我下意识地捧起双手,像是要从泉水里掬起一捧水来喝一样。仿佛莫愁、英武死后所化的物质的结晶就在我的掌心之上。

追忆尚未失去它的甘美,我准确记得她的汗液、体液的味道,记得她平滑的肌肤的触感。

"英——谛——"

她忧伤地呼唤我的声音,如在耳畔。

子宫中是获得休憩和不断创造的宇宙。

然后,是死亡。

我突然这样想。

拿液体为例,比如有石油。

石油在外来的、令其毁灭的温度作用下,化为气体、火焰、烟雾而终至消失。

将人的死亡,而且是自己所爱之人的死,置于石油之类的物质层面和系列来思考,真的有失敬意吗?即便那是一种错误,我现在也不认为,这样想会有失敬意。

石油被加热之后,会消失于宇宙之间。

那么,石油真的是完全蒸发,乃至于无,而归于虚无了吗?就像容器里再无一物?在这个家里,莫愁、英武已不存在,甚至再不能感受他们。可是,那又该怎样去认识呢?被燃烧掉的石油,依然存在。在宇宙之间,构成了石油的原子依然存在,而不会被破坏,只不过以剥离掉了气味、触感等属性的方式。即便原子也被破坏,乃至分解、分裂,也一定可以认为,它转化为我们所不知道的价值,化作全新的配置而存在。它没有离开这个宇宙,我写的是"这个"宇宙,但也可能会有"那个"宇宙。有也是完全可能的。

破灭、沦亡和宗教。

可是,奇异之事便随之而至。

我可能犯了一个不可挽回的错误,但也没有关系。

莫愁不在此处就在彼处,一定是在某个地方存在着。她就像电子的运动一样在干扰着我,永恒地作用于我。而且几乎都是作用于我的感觉。

可是,死去了的莫愁的存在(?)本身,其颜色、声音的所有触觉的属性,都在现实世界被消除一空,不再占据任何空间。(灭亡在物质的秩序里就是如此状态吧)那么,什么才是莫愁呢?她可能在无法用"这个"来限定说明的,自由的、无限定的,几何学意义上的空间,物理学意义上的时间,以及两者合二为一的时空之中。那不就等于说,她不是某一种影像或心像,而只是一个纯粹的观念吗?对于试图接近她的观察者而言,例如是我,那么,她就会随着我的变化而变化,我也会随着她的变化而变化。将一切彻底深究,最大限度地还原的话,归根结底,就会得出平凡但却如串连起的结晶般的景观,那就是,一切都是在与一切的关系之中而存在的。那也就等于是宇宙星辰的世界。永恒之物,难道不就是赤裸的观念之谓吗?所有的物体,都集成化地存在于一个集合之中,这应该并非是懒惰者的思考。用物质的水准和秩序去思考人、思考爱——我竭力让自己忍耐着这一点。

目睹了毫无意义的大量杀戮的人,必须要能经受得起在物质的秩序中思考人的问题。因为人,可以毫无尊严地(尊严?尊严就拿去喂猫吧!)地被当作物来处理,而且实际上也这样被处置。我只能从那种痛切的体验中,去看待人。战争手段的发达会加速对人的物质化,乃至让"暴虐"一词不再有使用的需要。人就如同池水被清空后的池鱼。

可即便如此,也一定会有人说,这是一种多么奇异的倾诉对亡者眷爱的记述方式!

还会有人说,这些都是通风不畅的地下室里的思考,极度主观的自白,是一个认真的傻瓜的想法。但是,我不喜欢胡乱拼凑暧昧的材料,用牵强的逻辑将空想装扮成一个自足的内在世界,去夸示内心存在的那种叙事方式。莫愁,决不内在于我自己的内心世界,现在,她仅仅是一个外在的观念。所以,只能用没有气味、没有形状、没有触觉的高硬度的观念之语,去讲述她。

今天,我终于想起要为莫愁、英武建一块墓地。于是,我想起曾读过的一本书里,有一个希望自己死后为自己铭刻这样的墓志铭的少妇。墓志铭凸显出死者的存在,要比浑浑噩噩的生者还要真切。

J.-A.-T-.fille de T.-
qui ne s'est jamais reposé,
se repose ici.
SILENCE

J.A.T某,T某之女,她从不曾休息,现安息于此,不言不语(莫要言,莫要语)。

七月七日

七月七日,第一个七七纪念日。

和去年相比,一切都已是沧海桑田。

七月七日。牛郎、织女。

我的妻子,带着英武这颗小彗星,孕育着终未出世的生命,在白马的引领下,环行在宇宙星辰的世界。中国的天空布满血色,日本的天空布满煤烟。

七月十日

中尉还没有回来。

烧得火红的夕阳,将今天最后的热度倾注给了紫金山,仿佛要将山巅的革命纪念塔熔化。太阳增加着它的热度,似乎要熔化一切。不仅是把人,还要把山峦、岩石、土地、江河、都市、城墙,全部熔化成液态,和地球内部的烈火遥相呼应,来一场大爆发。借用古语,我心如膏火、眼枯无泪、肝肠寸断,而不能自主……非借用古语而不能言。太阳啊!请你早些投身于长江,赠与我黑夜!只有长江,才能够接纳这一切!

下午,我看到有人在我家周边踯躅,还向里探看,于是我从窗户探出头来。

这个人,是去年十二月十三日傍晚以后,再也没有露面的用人洪妈。我打心底感谢她在桐野中尉不在家时来看我。如果被她看到我一副副奴仆的装扮,她一定会吃惊地大叫:

"啊!东家……"

那会让我不堪忍受的。

可是,洪妈见到我时却没有一丝的欣喜,反而阴沉着脸,满是责怪的口吻。我觉得,她是在责怪我别无大碍地活了下来。

洪妈亲眼目睹了英武的惨死,埋葬了他。按照她的讲述,十二月十三日,日军进城后,她从日军进城的气焰和街巷的动静中,感受到了不寻常的气氛,让她立即想起从老人那里听来的太平天国动乱年代的大屠城。恐惧让她惊慌失措,便从我家跑了出去。她自己觉得对不起我们,一路哭着回到了浙东老家。今年二月份后,她又回到了南京,来到我家,可家里已空无一人。她看到屋里还没有被洗劫。之后,她被一名日本商人召去做了保姆,直到现在。三月十二日(那个时候,我正在为日军做壮丁,每天挑着担子四处游走),洪妈外出买完东西,从日军兵营的伙房后面经过。伙房的后门处,挤着一群饥饿的难民和流浪儿,他们挤作黑黑的一团。难民之间每天都会发生争抢,强壮的会一次次地来抢剩饭,老弱幼残的往往直到天黑也得不到一粒米。洪妈站在旁边看了一会儿。日军站岗的士兵也像观看西洋景一样,笑嘻嘻地看着。突然,从争食的难民、流浪儿的人群中飞来一块瓦片,打到了站岗卫兵的侧脸上,愤怒的他冲到难民、流浪儿的人群里用刺刀一阵乱刺,把人群打得七零八落。难民们如潮水一样退了下去,留下了两名女童、三名男童和一个大人,他们都流着血。其中的一个已经断了气,他没有穿鞋,脚上全是冻疮,衣衫褴褛,遍体污垢,长发掩耳,深深陷下去的双眼大大地睁着。手里还死死抓着一只空罐的边沿,空罐里却什么也没有,口里和下腹部往外流着血。这个孩子正是英武。洪妈在附近麦田里挖了个坑,埋葬了英武。

远早于实际年纪,我的头上已染满白霜,同样也是白发骤增的洪妈,摇着一头乱发感叹道:

"我亲眼看见的啊!老天爷真是瞎了眼啊!"

我浑身战栗、汗水直流,小便几乎失禁。我的颤抖再也停不下来,面部肌肉痉挛着,嘴角就像根本不是自己的。我死死抓住窗框,望着一派干枯的庭院。

洪妈把我领到了那个地方。迟播的麦子已经长出了绿绿的一片,可只有那一块地方,麦子绿得长发黑,长势旺盛。我向刚好在田里的老农夫付了些钱,把那块地里的麦子买下,割下后再去挖土。我想挖出英武的尸骸。埋得并不深。腐烂后残剩的布片和细细的骨头上,缠绕着野草的草根。

不知为何,我想起了对面住家的池塘里池水清空后的那条鱼和它的骨头。

　　下午八时,天依然未暗。天空上残留的余光浸染着悲伤的颜色,那是我将它投射到天空上的。我们有千百条理由去相信人,也有千百条理由不相信人。

　　当光芒消逝于天际,悲伤之色也消失了。一两点苍白而冰冷的星光,点缀着苍穹。

　　太阳沉落下去,明天还会升起。溃烂成朱红色的一轮硕大的月亮升上了天空,抬起眼睛就能看到。

　　星星、月亮、大气。

　　星星、月亮、大气、季节、生、死……一切都有秩序蕴含其中。麦子会拔节、抽穗;绿叶会变成红叶;拂晓预示着日出,新的一天即将开始。祷告,其实也是一种劳作。清晨醒来,就意味着要再一次相信这种秩序,再一次在这种秩序下劳作。不妨把自己作为死者埋葬,以祷告的劳作方式,让自己抵达于宇宙星辰的物质秩序之中,去驱逐一切破坏自然与劳作秩序的事物。祷告,并不是为了要向金属与岩石的世界,或是山川草木的世界里逃避。

　　莫愁啊,从你手中被夺走的英武,惨遭杀害。用不了多久,一定也会有人将你最后的消息告诉我的。

这一夜未能入眠。幻视、幻听虽没有来袭,却怒火攻心地想着把对面那幢空屋放火烧掉。我曾担心,要是住在对面的那个临阵脱逃的将校一家回来后,认出了我该有多难堪。可能是这种担心和今天的事情相叠,让我有了这样的想法。在让我产生冲动的欲望根源里,如果潜入了幻视、幻听一般的错乱,那就必须加倍警惕了。政治工作者的所作所为在普通百姓看来,经常带有被害妄想狂式的、幻视幻听式的倾向。

七月十五日

快到傍晚时,身着西装的中尉回来了。

一个个打击接踵而至,该来的总是要来的。我保持着平静。

中尉通过他的卫兵(一个叫岛田的身材粗短的二十一二岁的男人)告诉我要准备两个人的饭菜,看来是要请客。于是,我问他做中国菜还是做日本菜。这段时间我跟岛田学会了做几道近似的日本菜。岛田说做中国菜,而且要"上等"的。我便开始准备八菜两汤。莫愁活着的时候,坚决反对我下厨,可现在,下厨做菜的本领却救了我的命。

好歹备好了饭菜。

可是,却不见有客人到来。

我让岛田去问,客人没到也照样准备吗?

他回答说,照样。

我把菜在桌上摆好。心想,会不会是要犒劳卫兵,他们主从二人同桌共餐。

可是,中尉坐下后对岛田说了什么,我的日语听力有了不少长进,可依然没有听懂。我看到淳朴农民般的岛田的脸,瞬间扭曲成一副怪异的哭丧似的苦脸,随之走出了餐厅。

突然,桐野中尉抬起眼看着我,然后,缓慢、清晰地用带着说不上是哪里的口音的英语说道:

"Sit down, please, Mr. Chen……"

我不禁怀疑自己的耳朵,只好摆出一副英语里称为 Oriental face,即东方式无表情的神情站在那里。

我默不作声。

"Mr. Chen……陈先生,"他用英语继续说道,"英语不方便,我们可以讲汉语,不过我的汉语没有你的日语进步得那么快。德语、法语可能更好些,遗憾的是,我只能读,不会讲。英语也只是让人见笑的程度。"

我还是一语未发,把手放在他让我落座的那把椅子的靠背上站在那里。

"你的事情,我在安庆从一名律师那里听到了。你可能想问他是谁,不过这个问题要先放一放。你说你是这家的仆人。我就相信了你的话,看来是我疏忽了。如果有什么失礼的地方,就请你原谅吧。……你不回答我一下吗?"

"请用餐吧,菜快凉了。"

把我的身份告诉中尉的一定是我的伯父。这么说,他已经转行做起了律师。

"总之,今后无论如何不能再让你干仆人的活儿了。你应该做更高级的工作,听说你做海运贸易方面的工作时去过很多国家。你一定能找到一份合适的工作的,而且,现在的中国也正需要像你这样的知识分子。"

我沉默不语。(当我不得不离开这个家时,我一个人没法把发报机带走。而且也需要时间)岛田用他粗大的手端着碗,把菜盛了上来。岛田过来的时候,双方都不作声。当他看到没有人动过筷子,便做出一副颇感奇异的神情,蹊跷地看着我。在他把盘子放到桌上的时候,我一点点地退后,退到灯光直射不到的墙边。我靠着墙,交叉着双臂,在考虑对策。我确认了自己并没有怎样惊慌。

"这个家,不对,是你的家,正确地说好像是你哥哥的家——很宽敞,有三层。目前,只住了三个人。你没有必要住在楼梯下面的用人间里了,请住到三层你自己的房间吧。"

我微微地摇了摇头。

"我不会命令或强制你的。把你的情况告诉我的人,希望能让他们全家都能搬来住,但我没有同意。因为我调查了一下,发现他有自己的房子。"

"……"

"你的家人遭遇了不幸……我在这里向你深表同情。"

那些认为日本兵决不可能如此郑重行事的人,都是愚蠢的。中尉继续说着,他始终像个性格内向的人那样躲闪着我的眼睛,这时才猛地转过脸来,盯视着靠墙站立的我说道:"如果,你还是住在那间用人间里,依然从事仆人的工作的话,很遗憾,我就不得不对你保持戒备了。所以,请你还是回到你在这个家里的原有的位置上去吧。"

"……"

岛田进来了,他看到中尉在讲英语,一脸茫然地对比着我和中尉的表情。这时,我沉默着深施一礼,走出了餐厅。

岛田想要追赶上我似的紧紧跟在后面。来到厨房,我开始麻利地收拾起来。先把岛田手里的碗接了过来,擦了擦溢出来的汤汁。再把菜盛到盘子里,尽量不发出脚步声地端进餐厅,照常做仆人该做的本职工作。

"还是请你……"当我正要走出餐厅时被中尉叫住说,"请你听从我的建议。"

我下了决心,回应了一句:

"是我哥哥让我来做奴仆守护家产的,这也是我自己所希望的。不管你们有怎样的好意,我都会继续做奴仆的工作的,因为,最了解这个家的人,就是我!"

"你是一个知识分子,不会总是甘于做奴仆的,那也是你的头脑和思想所不允许的。等你想好了,时机成熟了,你就搬回到三楼的你自己的房间吧。在此之前我会一直恭候,请自便。还有,请帮我叫一下岛田。"

岛田进去后半天没有出来。

我平静地在厨房吃了饭。

经历了一个诡异的,但也不无阴毒的程序之后,我恢复了主权。

能验证这一点的,是返回后的岛田,像对待一个领头的家仆一样,对我叫了一声:

"陈先生。"

迄今为止,这个农民的儿子从没有对我用过"喂"之外的叫法。他是一个淳朴的农村出身的青年,淳朴——可是我清楚地了解,他们比城市里的工人、比任何人都更加残忍。

身为奴仆的主权者。我的这种身份,属于一个被占领国的国民的典型处境。这里的"主权者"一词的前面,应该加上"潜在的"、或"地下"等形容词才更准确。我的"头脑""思想"是能够忍受这一状态的。桐野中尉不是在别处、而是在家里,发现了一个能作为谈话对象的知识分子,他一定体会到了恐惧与喜悦交加的双重感情,这以我自己的体会也能推测得到。

坦率地说,在中尉外出期间,我经常想着他怎么还没回来。那是一种,不必用"一种"来限定的、近于亲切之念的感觉。我一个人住在这栋大房子里,阅读、研究了中尉收集来的欧文·拉铁摩尔[1]、G.克拉克、理查德·H.托尼[2]、J.B.康德利夫[3]等人的中国研究著作(这样做的

---

[1] Owen Lattimore(1900—1989),美国著名汉学家、蒙古学家,二战期间曾担任蒋介石的政治顾问。——译者注
[2] R.H.Tawney(1880—1962),英国著名经济学家、历史学家、社会批评家。著有关于中国经济状况的研究论著《中国的土地和劳工》(1932)等。——译者注
[3] J.B.Condliffe(1891—1981),新西兰经济学家,太平洋国际学会首任研究干事,促成了该学会与金陵大学合作就中国土地利用展开学术调查。调查成果《中国土地利用》的英文版于一九三七年分别在上海、美国出版。——译者注

目的,在此暂且不提),我甚至有种想和中尉展开讨论的冲动。

可具有讽刺意义的是,正是这个中尉,将我的头脑和身体重置于奴仆的位置。而且,让我重回到奴仆的位置后,恢复了我的土权。在日本似乎流行着中国人善于敛财,而且视财如命的愚蠢传言,这个中尉不像是相信那种鬼话的人。但我会反复强调我要守护家兄的家产,随着时间的推移,让他相信我是一个极度自私自利的人。作为一名奴仆,我会最大限度地少言寡语,对一切不必开口的事情保持沉默,就像长江一样,在默默无语之中办妥事情。在我自己的长江之中,包括妻儿及亲友知己在内的数以万计的同胞的遗骸,连绵不断、永无尽头地漂浮、流动。被收容到马群小学时,我被命令去处理遭枪杀、刺杀者的尸体,将尸体丢弃到附近的河里。那时的河里,漂浮着由人血、脂膏汇成的足球大小的气泡。那条河水和上面漂浮的尸体及气泡,最终都流入长江之中。臭愁和英武的尸体,也一路流淌着鲜血,流动、流动、不停地流动,如同时间一样,以流动的方式永远存在。

就在不久之前,我因追求永恒之物,对一切成长的、凋零的、流动的、摇摆的以及与之相关东西都心生厌恶。所以,我曾经一心寻求高硬度之物,希冀自己的世界是由岩石,而且是大理石与硬质金属构成的世界。我曾经希求的不是沉默,而是一个无声的世界。可是,沉默也是一种语言,沉默也包含着某种含义。沉默也是一种讲述,哑人其实并非是在沉默。

八月五日

稍一松懈,就可能出错。昨晚,我做了一个恐怖的梦。而梦中的大部分内容,却又都是事实。我被日军抓住,被征用为拉车挑担的壮丁,被迫拉着板车到了某处,看到日本兵正强奸一个姑娘。那个姑娘在脸上涂抹了粪便,往私处注入了鸡血,为能逃脱厄运本已做好准备,可是,日本兵并没有被她骗过。他们将这个姑娘拴在绳子上,扔到河里,高兴地看着她在水里挣扎。就这样,粪便和鸡血都在河里洗干净了。我的身体被电线绑在板车上。完事之后,一个士兵对我说:

"多好玩啊!你不来一下吗?"

那个士兵的脸上清晰地浮现出的,是完事后的禽兽和永远无法满足的人类的中间物该是一副怎样的德行。而昏厥过去的少妇,反而因为失去了意识而更像一个名副其实的人。过了一会儿,一盆冷水向她泼去……

在梦里,我看到少妇的枕边有一匹低垂着头、拖着长长的鬃毛的白马。白马瞪着一双硕大的眼睛。

必须补充说明的是,就在这一毒虐的淫暴之景的不远处,有两个年迈的农夫正在耕田。他们目不斜视地劳作着,一锹一锹,在头上高高扬起后,再动作规整地向地下挖去,一锹、一锹,能看出他们在极力地忍耐着。

内外情形都发生了急剧的变化。转移到重庆的政府因财政匮乏,官僚军人被减薪。除空军与兵卒之外,一律减薪三至六成。也就是说,每个人都需要用不正当的方法,才能填补上这部分的空缺。我想起了那个曾经说过只要花些时间,就能用"火球(就是白底红圈的旗子)锻造出星星"和"镰刀斧头"的磨刀人。在被抓了壮丁后,那个年轻人和我被绑在了同一辆板车上。见到日本兵轮奸时,他瞪着一双充血的眼睛直视着眼前的惨状,两手死死握住了板车的车把。对这名年轻人的回忆,让我想起了杨小姐。小杨!年轻人!祈盼你的平安。

没有杨小姐的消息,也不知道那个磨刀人现在在哪里活动。与去冬今春弥漫在城市里的直接的恐惧有所不同,另一种白色恐怖开始笼罩南京。政府系统、敌人宪兵、傀儡政府的秘密警察、特工,各种势力犬牙交错,肆意实施逮捕和处刑。而且公布出来的理由都简单至极,仅为犯人X或Y危害国家利益。而所谓国家利害,不论敌军,还是国民政府,似乎都是以是否和共产党有关来判定的。莫名的恐惧、流言、传言、臆断、昏暗中的交头接耳。K及其他谍报人员也都心怀忌惮。弥漫在街头巷尾的光线昏暗之处的白色恐怖显而易见,如同微明中掺杂着灰白色的牛奶。而这种牛奶对被袭者而言,有如锋利的冰刃和冰冷的匕首。对此,我曾经在二十年代,自己二十多岁时,在国民革命与上海武装暴动时代有过切身体验。

不出所料,伯父戴着崭新的巴拿马帽,打着灰色阳伞,外表悠闲但内心慌张地来了。从窗户看到他时,我在心里冷笑了一下。不来我这里他一定无法心安。在透明的空气中,我看到了一丝白色的必然性。

我对他说:

"当奴仆倒也自在,扫地、洗衣服、做饭,小心不打碎器物。只要勤勉做事就行了,可以充分享受当奴仆的幸福感。"

这也并非谎言或嘲讽,面对伯父的时候,这也是我的真实状态。

伯父是想来和我商量处世之道的,除此之外,也别无和我商量的事。当对方谦卑的时候,他便要摆起架子,这是这个肥胖男人的秉性,但他却是我的一个重要的情报来源。他正打算辞掉卫生部去做律师。他是一个无法对任何秘密守口如瓶的人。

伯父开始谈论既成的事实。

"日本人不是打赢了吗,秋天里汉口就会沦陷的。"

"……"

他在盼望汉口的沦陷。他口里讲着"日本人不是打赢了吗",随口便将无人知晓的未来,本来由各人的意志所决定未来,不断地转化为过去。尚未沦陷的汉口,早已在他嘴里里亟不可待地变成了过去的事实。我谨慎地避免让他动肝火。

"日本就是厉害,没法子的。必须要现实一些,事实说明问题,事实。"

与其说是在劝我,不如说他只是面对着我,在拼命地努力去说服他自己。

"倒是谁都想过太平日子的。"

和平主义者倚靠的却是敌国的军事力量。他却试图让我承认"事实"。我不惮去承认事实,然而,对我来说,承认事实,并不等于要去助纣为虐地强化既成事实,而是要用意志去改变事实。我有权利去改变它。权利并不根植于某些特定的事实中,不能将特殊与普遍混于一谈。不顾普遍事实的"特殊事实主义者"或"既成事实主义者"(这个词未免怪异),都有一种特殊的才能,他们只选择对自己有利的事实,而彻底回避那些妨碍他们的事实。

"……所以我在考虑做律师。"

伯父先进了市卫生部,日军进城后,那里摇身变成了傀儡政府的卫生部(两者其实是一样的,傀儡政府的行政职能也仅限于市内),为了从粪尿处理中赚钱。如今,他被惶恐心理所驱使,看到恐怖心理在市内弥漫,所以就想利用这种惶恐去赚钱。因为恐慌的总量,要高于市内粪尿的总量。当前的状况下,律师其实也就等于中间商。他曾经配合过日军,其实,一切的力量和权力都掌握在日军之手,他和他们,只不过是权力的代理人,因此被民众所憎恨。于是,他想把民众的憎恨分过一半来,从中做一个调停的角色。权力本身由异国大老爷来掌管的话,一个用人又能做些什么?恐怕只能耍些狐假虎威的奸计。哄孩子的人在孩子妈妈的眼皮底下亲热地逗着孩子,背后却一巴掌一巴掌地打,用的就是这种招数。通敌者和汉奸都属于女性化的性格。日军就是大老爷。看着伯父肥胖的屁股,我想起了男色中充当女性角色的人。战争与侵略带来死与性,充斥着血腥与精液的气息,通敌者的身上就散发着娼妓私处的酸臭味。而且,所有的娼妓都是宿命论者。通敌者在人民的眼中,就如同非法性行为生出的私生子。伯父今后还会不断地变换服务对象和工种吧,一个又一个地换着职业,游离于社会组织之外,成为一个牢骚满腹之人,从无所不能变为一无所能,只有日军的权力才能决定他是什么。他是一个政客,继律师之后,他会成为一名富有激情的政治家。他已经是一名政治家了。他的意见已经相互矛盾了一百次,而他自己从不会为自己的矛盾而痛苦。这也是理所当然,因为他只是一个代理人、代言人。被狂风卷起的叶子并非狂风本身。

"日本人和我们中国人相比就是孩子,他们其实非常害怕我们的潜能。只要能从背后驾驭他们就行。"

我发自真心地对他讲了一句话:

"你就老老实实地过日子,不行吗?"

"老老实实?仆人我可干不了,我又不像你会做饭。这个时候,老老实实地能干什么?要是像你那样,有人能养着我还行。我得干活儿,得养老婆孩子。"

"处理粪便不是挺好的吗？吃了饭就要排泄出粪便来。"

"那算是老老实实的,是吗？可是,如今不少人都无辜地遭受牵连,律师也是需要的。"

他说到这里,我就不想再对他说什么了,至少在今天。但是,如果我现在就给他以打击,那会十分危险。更重要的是,我自觉自己的思想里,还缺少能重塑他这块材料的刀具、技术和锻造力。如果在技术和锻造力不充分的情况下,借神魔之力的一时冲动,有可能破坏思想本身。如果因为一块大理石不遂人意,就轻蔑它的存在或者将它三锤两斧地打碎,那只能是一个精神错乱者,而不会是一名雕塑家。意志、技术、锻造力如果不远远地超越思想本身,思想就无法实现。要努力从 Homo sapiens(智识人,知识人),努力向 Homo faber(制作人)转变。

伯父说到"那算是老老实实的,是吗？"就不必讲了,应该就此打住。他接着讲到的对于不幸者的暧昧的、斤斤计较的同情(?)虽不至于被一概否定,可他的同情(?)也正像他自己一样,是漂浮不定的。纵使是漂浮不定的,纵使他目前处于一种梦想状态,他也会将那份同情转换成具体行动的吧。伯父莫非在盼望着去演绎一种小说式的命运？被自己的欲望、情欲左右的人,就是小说式的？在小说里,人物即便遭遇不幸,读者却可以依然爽快地阅读……伯父自己有这种爽快感吗？肥胖的伯父摇晃着身体,一把又一把地擦着汗走了,他都忘记了撑起阳伞。能够干预小说的究竟是什么？

那么,我自己又是如何呢？我是个小说化的、角色化的人吗？

自由与宿命,是相互对立的二者。然而,稍放得远些去看的话,二者也可能会因同一个意志合抱在一起。自由会咬碎宿命,试图将自己打造成意志。如果听之任之,宿命也会轻易地将自由、也将责任吞噬下去,去支配人的行为。所有的宿命论者,无一不是傀儡般的人偶。临走时伯父说:

"我跟桐野说你是一个商人,而且托付他了,别让你太受苦。"

"海军部自今年一月一日起已经撤销了,本来就是一个 Naval Company 一样的机构。"

"这么说,一文不名,你正式失业了?"

"不,奴仆就是我的职业。"

"你真固执。哈哈哈。"

晚饭后,我在为浴室烧水的灶台处发愣。日式浴室实在麻烦得很,它不同于西式浴室,打肥皂不在澡盆里,一定要在外面,所以搞得浴室的地上都是水。另外,桐野大尉说他在床上睡不着,所以在地板上又搭起了一尺高的地板,把卧室的一半铺上了榻榻米。地板上架起地板,再铺上榻榻米。真是一种复杂的生活方式。近来,他在那上面坐着吃饭,然后,直接铺上被褥就寝。

岛田来叫我,他用有些客气和歉意的声音说:

"陈先生,大尉叫你。"

对了,桐野近来晋级了。

桐野大尉穿着浴衣坐在榻榻米上,袒着胸,一副悠闲的样子,但他的心里其实并不悠闲。他给我递了根香烟,这是他在和中国人接触时学到的习惯之一,但我并不吸烟。嗜好吸烟的话,在地下室里恐怕连十分钟都坐不住。他把我家日本化了,而我让他学到了中国的习惯。他已经微醉了。

片刻的沉默后,他手指着墙上挂着的草绿色军服,面对站着的我说道:

"我们知道,有人见到这个颜色的衣服就会心生厌恶。你也一定感觉像有什么怪物、蛇蝎进了你家似的吧?——可是,只要和我们合作,就不会感到有什么不快的了。"

他的声音极低,如同自己在嘀咕。

我依旧像个影子一般不发一语,尽量注意不让自己的沉默带有任何含义。

"实话说,我们在南京干了很多出格的事。"

桐野从桌了下面拿出一叠在上海租界发行的《纽约时报》《曼彻斯特卫报》等英美报纸,唰地丢在了我的脚边。每一张都刊登着照片,印着 RAPE,MASSACER,NANKING 的大字标题。

"事实如此,不是吗?"

他的脸扭曲着,看不出是在惊叹,还是在为嗜虐而颤栗。应该是两者兼而有之。

"我不认为我们被很多人所拥戴,但我们的使命是要打倒傲慢的蒋介石政府……"

他停顿了一下,是心虚了吧。

"我们也清楚,即便对我们的使命心存敬意和理解的人,也都尽量避免和我们发生瓜葛。"

"可是,在南京这个已被我军占领的城市,如果允许那些仰仗着我们的行政、我们的援助和我们的慈悲生活着的人来批判我们,那也未免过于天方夜谭了吧?"

这就是在下宣战书。大尉讲的是英语,而且他讲的英语不是那种日常使用的英语,而是用了很多书本里才有的措辞,所以听起来条理明快,也不失礼貌。我险些被他表面的措辞所蒙蔽。实际上,在他这番话的背后,交织着强烈的憎恨与轻蔑,以及超乎寻常的自卑与优越感相交杂的情结。我实在过于鲁钝了,有如金属或岩石般的钝感。突然间,我产生了一种直觉,那就是眼前这个人一定曾经亲自上阵,干过刑讯逼供之事。也许,今天他就是要来这一套!他的情绪极不平静,嘴角在轻微地抽搐,剃成光头的脑袋看上去十分残忍。他摘下眼镜用浴衣下摆擦了擦,汗珠顺着他的脸流淌下来。

"我们是同文同种……"

一张口就是陈词滥调。同文同种?不就是他们把我们的汉字拿过去借用了吗?至于同种云云,根本就是无稽之谈。但我脸上的神经却一动未动。稍动一下,就可能会刺激到他的自卑感。他原来是一个崩溃型的人,也因此才变成了一个进攻型的人。可是,要想成为崩溃型的人的话,在我们这些被害者里,不知有多少人经历和积累了崩溃的条件。

"就算发生了一些事故——是的,事实上的确发生了,你的家人因此遭受到了不幸,可是,在你们自己的历史里,像太平天国时的残暴事件,也发生了不少。

对吧?"

难道只是为了寻找借口才去学习历史?他在以向后看的姿态学习历史。这里又出现了一个向后看的预言家。

"总而言之,我们为了担负起亚洲的责任而倾尽了国力。"

责任——其实质,却是镇压、游说、贿赂,也就是恐怖活动、宣传、收买。还有,这里才可以低声讲出的——威逼。

他停了片刻,稍稍提高了嗓门:

"在我看来,实在让人难以置信。像你这样曾经到过海外的知识分子(他对海外似乎特别在意),会为了帮你哥哥看守家产,而甘于做一名仆人。那不是太可惜了嘛?我不会劝你去政府里谋职,但至少去做个生意总还是可以的吧?不论你遭遇了怎样的不幸,再怎么厌世,我也不会认为你这样做是为了悼念那些逝者。"

事实上,我此前一直在想,如何才能逃往一个金属和岩石的无情的世界,或者是一个草木有情的世界。我决心只讲一句话,因为他已经给了我一个走出房间的绝好的时机。我用低得似乎他能听到又听不到的声音说道:

"我深爱着自己的妻子和孩子。我只想安静度日。……家产也是重要的。"

"……"

这么一说,桐野开始沉默了。他也想起了自己的妻子和孩子吧。

我把他扔给我的报纸收拾好,走出了房间。当我端着冰水再进去时,他正在喝威士忌。我把水放到桌子上,他扑通一声仰面躺下就睡去了,股间兜着南洋人常用的一根细布条,露出的裆下之物松弛地垂着。看上去他有种莫名的孤寂,是那种拥有了力量和权力却依然无法得到满足的牛、马等动物所特有的孤寂。我自己也犹如动物般忧郁,不管在地下室里我如何努力去做一个统一在主体意识下的能动之人,一个有充分的理由生存下去的人。哪怕一次也好,我想把手脚紧紧伏在大地上,像猛虎一样怒吼,再高举起两臂,像猩猩一样嚎叫。

过了晚上九点半,气温也没有降下来。

风的温度好像比体温还高,一定是紫金山岩石的热度高温不降。热风在空中卷起气旋。

屋里十分气闷,我走到了门口。二楼与大尉房间相邻的窗子打开了,岛田探出了圆圆的脸问道:

"白相去吗?"

他是问我去散步吗?我摇了摇头。他说大尉已经喝醉睡下了,他想出去转转,一定要为他保密。他是出去嫖妓,穿上了不知从哪里抢来的一件肥大的中式绸衫,兴冲冲地出去了。

我没有去白相,而是像被漂白过了一样,坐在门口的石阶上乘凉。我必须要留在热风席卷的中心处忍耐、经受住煎熬。

南京城就像一个被城墙围起来的火炉,将人的血液、精液、泪水、汗水等所有排泄物加热、熔合、蒸发,散发着浓重的愤怒、悲叹、哀伤的气体,这股巨量的溶液将人与房舍全部淹没,并且冲破了城墙,像岩浆一样涌向了长江。微暗的空气中浮动着这一景象的幻影。

随着光阴的流逝,风发生了变化。从长江吹来的风占据了优势,一股冷气像一支扎枪吹拂而来,瞬间冷却了空气的热度。冷风渐次地强劲,越来越有力度。天上已是漫天星辰的世界。仰望星空,我想起了在德国科隆大教堂听到的巴赫的受难曲(passion)。那首受难曲决不是被动(passive)的,甚至不是寻常意义上的音乐,更像是殿堂里恣意呼啸的狂风怒涛,大教堂几乎被震荡、摇晃,听众不是在听,而是为了不让自己被几十尺长的巨型铜管发出的咆哮着奔涌而来的声浪冲走,而必须竭尽全力地抓住前排的椅背。音乐与建筑浑然一体,在声音的风暴中,只想举起双手,发出来自腹底的呐喊。

这座南京城如同一座殿堂,长江就是一架绵长三千一百五十八英里的管风琴。它载着木筏、载着船只,吞吐着一切,从前藏身在汨罗江里难得一见的五尺长鲤率领着无数兄弟游弋其中。长江在冥冥之中切切实实地在六亿中国人心中奔流着。它让我们经受的苦难,化为复仇与建设的乐章!

神是存在的吗?
神啊,请保佑我们相知的所有人,包括那些逝者,
还有被汲取了养分化为麦子的英武!

这天晚上,岛田没有回来。他在妓院的出口处被捅死了。他是个头脑简单的男人,曾一有空就哼唱近似于美国的奴隶哀歌的歌曲。

八月十七日

今天又去了埋着爱子英武的那块田里。基本上每天一次,我都尽量找个理由过去,这已经成了一个习惯。

到了那里,我的心就会平静下来。也许会有人说这很奇怪。来到被敌人惨杀的爱子埋葬之地,竟然能够心情平静,这会令人费解,但事实确实如此。就像灼热的金属渐渐在我心中冷却之后增加了一份沉重感,这样的比喻不知是否还算贴切。

所以,今天当那个在麦田里除草的老农夫意外地开口对我讲了下面的话时,我也能够平静地倾听,并且深深地颔首应答。

"你头一次来这里的时候,我看到你挖出来的都是细细的骨头,应该是个孩子吧?"

"五岁了,死的时候我都没能看到。"

"是吗?哎……我儿子是汽车乘务员,因为制服的右肩头上蹭得发亮了,被认作当兵的,活活被捅死了。"

"右肩头蹭得发亮了?"

"是啊,乘务员在右肩上都会背个收钱包,让皮带子蹭来蹭去都发亮了。他们说那是扛枪蹭的,就用刺刀把他捅死了。我和老伴儿跪在地上合着双手,眼睁睁地看着的。你说你没亲眼看见自己儿子的死,兴许还是那样好啊……太伤心了!"

"……是吗?"

"可不是吗。要是正打着仗,真是当兵的话,也就认了。仗打完了,汽车还不能开,我儿子正在家门口发着呆,就被抓住了,就在我家门前啊。把一个活人,就像宰狗宰畜生、杀猪一样地杀死了。"

"……"

讲话的时候,老农夫一直弓着腰,脸朝地面在拔草,始终也没有抬起头来。快讲完时,才稍稍在片刻间转过了脸,已经长熟的麦子之间露出来的脸庞,恰似一尊黑漆的佛像一般黑亮。

"有段时间没下田了,可咱庄稼人也不能老憋闷着,所以就出来了。可是,坦克说来就来,然后又有军人过来,一直也没法播种。到了现在了,让人跟种双季一样地着急忙慌的。"

然后是持续片刻的沉默。

我最终开口问道(关于死者的话已经无需多讲了,彼此的沉默中,已经有了足够的表达):

"今年麦子的收成怎么样啊?"

农夫回答说:

"不会好的,都是过了季才种的。"

他甩出一句话后,依旧只顾拔着草,边拔边从我身边走远。说话间,除了稍转过脸来的那一瞬,他的手一刻也没有停下来过。

我一直站在仅有的一块割光麦子后露出了黑土的英武埋葬地。

他的手一刻也没有停下来——这在我胸中激起了回响。这让我想起自己被征为日军的壮丁,被用电线绑在板车上目睹了一名少妇被轮奸时,隔着一条河的水田里,有两位老农目不斜视地专心挥动锹把的情景。即便有心如火焚之痛,也正是因为心中有痛,他们才一刻也不停下手,动作规整地翻地、除草。

自从洪妈把她亲眼见到的英武惨遭杀害凄惨死去的详情告诉我以来,我的愤怒、悲哀,和近来与之相伴而生的虚脱感以及一切都变得疯狂的现实之间,仿佛垂下了一道透明的帘幕。

那道帘幕如今被农夫的锹和镰刀刺破了。

在破口处,已经成熟为浓绿的、墨绿色的麦子,不再是梦幻世界里的存在。在我看来,这些麦子不久后就会结实,随后将被磨成面粉。

那个梦幻世界权且视之为冥府吧,在冥府中,我和英武、亡妻莫愁并排站立,眺望着地上的景色,透过冥府里死者的眼睛眺望到的一番景色,真的十分美好。

仲夏的季节戴上墨镜时,万物的阴翳与光耀之间的界限,反而看得更加清晰。同样的道理,也让我对世间万物从一个明晰的角度,将其逐一与周边的事物区别开来。在我看来,时间也不同于地上的时间那样一刻一刻地划过,而是如同清溪般冰凉、迅速地流逝过去的,仿佛能听到流过的声响。在这种美感之中,或许隐含着对摧毁这个人世的肯定以及宗教式的憧憬。

清风吹来,麦子在摇曳、波动。我朝向麦子摇曳的方向,顺着风举步走去。

"再见,我会再来的。"

我对农夫道别。

"明天还来吗?"

"明天有工作啊。"

我歉意地回答。

凡是自然的风景,无论是怎样的景观,都不会因为有人与劳作的相伴而突显出异常的美丽或者反之。

我一边走,一边想起了二十年代上海武装暴动时,和自己一起逃奔在漆黑的里弄里的一个立志要成为画家的朋友。那之后,他和我一样远离运动,去日本留学,后来他画出来的题材,也都是避开了人迹的风景画。而且慢慢地,他的画中的风景不再是现实中的自然,而专门画那些空想出的梦幻景色。他开始信奉耶稣,用乔治·鲁奥一般的笔法描绘身穿肥大棉袄的满脸褶皱的农民。其实,他的画中的农民并不是现实中的农民,而是画家自我形象的一种观念化表现。但在政治上的立场,他始终是坚定的左翼支持者。同时,在实际生活中,他非常精于计算。他信奉的宗教,据我猜测应该近于天主教,那种孤独的耶稣正适合于这个想在东方世界实现西方艺术之梦的人。归根结底,他毫无内心的安定之感(我也是同样的)……他做了很多事情,却都不得要领……这位画家的名字叫K。自从在上海的里弄里一别之后,近十年未曾相见。在这场未来还将十分漫长的战乱中,他也难免会有诸多的变故吧。那倒也未尝不是好事。毕竟他和我,已经不同于农民,我们在对人和对社会的认识上,存在着截然的裂隙,处于分裂状态。前者让他寻找信仰和上帝,后者将他拉入组织。若暂且不论他追求统一的主体性自我的那份渴望的话,这种状态也没什么足以稀奇和感叹的,反而是十分普通的、个人所处的生存条件。将两者联结起来、或者同时生存于两者之中的,是我们的身体。身体正是裂隙本身。或者,换个说法,生存在裂隙上、横亘在裂隙之上的,正是我们自己的身体。此刻,朝向裂隙吹拂而来的凉风,吹向埋葬了英武的那块麦地,吹向在那里劳作的农夫,又从农夫吹向田里的麦子。风浸透了我的身体,汗水都被冷却了。

渐渐地,我终于安定下来。一九二七年四月,我和那位立志成为画家的朋友在上海被镇压时,艰难地逃过了追捕,后来的六年间,我仰仗各国华侨总会的帮助辗转于印度、西欧,一九三二年回国,通过熟人介绍在海军部得到了一个职位,我不再高声啼鸣,不再立志雄飞,不与他人深交,甘坐办公桌五年。如今失去了妻儿、故友,孑然一身屈就于敌人中间,这十年时光伴随着每一个具体的场景,如在眼前。人总是在回想中寻找和确认自我意识的支点。

那天,看到成为双料间谍的K从那个接收了我家、成为我家新主人的桐野大尉的机关事务所后门走出时,他不经意地抬起头来,挥动了一下双臂,又揉了揉酸痛的肩头,警惕地看了看四周。我在心里想着怎样与K最后摊牌对决,为此会有哪些内心的争斗,这种内心争斗与叛敌之间的关联等等,边想边朝着自己的家、现在已成为桐野大尉公馆的方向走去。

这时,敲打竹板的清脆声响从远处经由安静无人的街巷传到耳畔。两下、三下、四下,敲打了四下后稍有间隔,然后又是一下两下、三下、四下。我身心的紧张松弛了下来,通身僵硬的筋骨也纾解了。整个身体告诉我,我一直在等待着让清脆的竹板声回荡在空气中的磨刀人,仿佛像等待着恋人一般。

我在街角处站住,等着磨刀人走过来。我和那个高个子、宽肩膀、手脚粗壮的山东人曾经被迫拉着同一辆板车度过了两个半月。当他在六月初,以售卖"菜刀、剪刀、砍刀、扎枪、步枪、大炮、镰刀斧头、星星"等所有刀类的磨刀人身份出现时,让我一时瞠目结舌。那一次,他在高声敲打竹板告别之前,留下话说"下次再来,我一定给你带来能斩断火球、铁块的真家伙"。

竹板声中断了,我突然有些担心,猜想他是不是被人盯了梢。

他还是转过街角,来到我面前。但他看到我,脸上却没有露出一丝笑意。

"有日子没见了。"

他这样说着,却只是向我递着眼色,样子十分紧张。是不是他所属的党和国民政府之间发生了什么棘手之事呢?政府抗日到底的方针,怎么看也看不出是一个统一的认识,主张和平论的汪精卫一派企图另立派系的情报也传来过。

我和他并排走了四五步后,他突然回过头,正面看着我问:

"你是陈英谛吧?"

他叫出我的姓名,让我吃了一惊。在做挑夫的时候我用的是假名,他不应该知道我的真名的⋯⋯

我默默地点了点头。

"请你在家里等我,回头我去拜访。有件事要通知你。"

他迈着沉稳的步伐,飞快地走了。他用扁担一前一后地挑着绑着抽屉的担子,步子踩着有力的节拍。他既没有敲打竹板,也没有吆喝着"菜刀、剪刀、扎枪、步枪、镰刀斧头",只是抿嘴一笑,就在下一个街角处消失了。

我有些哑然地站立了片刻,回过神来便立即朝家里走。万一他被盯梢的话,跟踪的人必定问我是否碰见一个磨刀人。他从远处敲打着竹板吆喝着,却突然不再敲了,这也可能是在街上接头的一个暗号。我小跑着走向主街道,去洗衣店取出桐野大尉的棉麻西装(大尉近来很少穿军服,头发也留得很长),赶紧回家。这家洗衣店原本也是我常去的,如今,被一个从华北来的日本人以共同经营的名义霸占了,几乎所有的业务,都需要通过这个共同经营者才能开展。而这家洗衣店的日本人不做任何洗衣方面的业务,仅仅是挂名而已。他终日在外旅行,主要前往华北地区。为何要去华北呢?他偶尔会笑着露出一副黄牙,拿出里面装着两三个小纸包的火柴盒给你看。里面装的是海洛因。他会给你批发,劝你去倒卖。在台湾、朝鲜及东北制造出来的巨量毒品,随着日军的移动而迅速扩散。我用电报把相关的调查发给了汉口。一周前,几个地下潜伏的学生用泡了氯化钾和砂糖的棉花包着硫酸、汽油装进空罐子密封后制成的一颗炸弹(?)扔到了妓院里,一个学生被抓后在大街中间被枪杀。近距离射击打穿了他的心脏和头颅,墙上溅着的脑浆和头发令人触目惊心。

来接替在妓院被刺杀的卫兵岛田的,是一个叫谷中的比较迟钝的卫兵。他常常会偷喝大尉的酒,让我犯难。这个谷中做过煤矿的矿工,我和他一起砍劈柴、运煤,等着磨刀人的到来。

谷中捡起一块煤,把截面对着日光,看着照得发亮的煤块说:

"嗯,你瞧,多好的煤啊。"

然后发出"咯咯"的怪笑。他喜爱煤块,却和岛田不同,在家里不爱干扫地、除草的活儿,甚至除了烧洗澡水之外,几乎什么都不干。当看到我认真地干活时,他会说"对不起"。大尉曾经告诉过他,我虽然做着奴仆,但原本是这个房子的主人,所以不要对我失礼。他和岛田的共同点,是整天都在唱一首曲调哀伤的小调式的歌曲。

不一会儿,磨刀人敲着竹板走了过来。这个年轻人比上次来的时候晒得更黑,皮肤像鞣制过的皮革一般。我把他带到了厨房后门,拿出了所有刀具。他一边磨刀一边和我说话。

"刚才实在抱歉,突然有了一点事情……"

正说到这儿,谷中回来了。

他沉默了一会儿,突然改用广东话讲话。我赶忙告诉他这个日本兵听不懂汉语,他也依然用广东话继续说道:

"我刚才说有事要告诉你——你认识一个叫杨妙音的女学生吗?"

这个名字被叫出来,这让我期待了很久了!一条无形的线,将这个青年人和我联系在了一起。妻子莫愁的死让我无望,但杨小姐还年轻,我曾经祈祷,但愿她还活着。

"杨小姐现在躺在苏北的一个地方。"

"生病了吗?"

"她……是染上了梅毒。"

原来如此。她一定是从国际难民委员会设在金陵大学的安全区里被强行拉到了别的地方遭到奸污的。我的眼前白光一闪,心情立即黯淡下来。

"仅仅如此,倒也没什么。她到了我们那里之前,有人想帮她缓解痛苦,给了她毒品。这个世道,药品去哪里也找不到,毒品却到处都是。卫生部都变成了毒品部,禁毒委员会成了贩毒委员会了。"

"她上瘾了吗?"

"不用海洛因,就像发疯了一样。"

"毒瘾发作？"

"是的。"

怎么会成了这样的？去年十一月二十日日军攻陷苏州城，以烧制瓷器为业的杨家被接收，将事情的原委冷静、细致地讲述给我们的那个女学生，怎么会沦落为卖淫女般的下场？她一个人从苏州遍体鳞伤地跑到南京，刚刚抵达之后，虽然还情绪亢奋，但却能不夹杂情感地叙述日军的暴行，她的坚韧精神曾让我从心底赞叹。南京陷落后的十二月十四日，莫愁、英武、杨小姐和我四个人被铁丝绑着集中到了马群小学，那时，最先提议要把难民组织起来的也正是她。

我从西大门外百人一组的集体处决中万死一生，侥幸逃过了机枪扫射，恐怕她也像我一样，甚至忍受了远远超过我的百般苦痛。远远超过我的——是的，当女性面临屈辱之时，需要承担的命运，往往会超过死亡之苦。正如她们在近于死亡的痛苦中诞生出一个新生命时会享受到幸福一样……

"那……"我咽下了苦水问道："没有怀孕吧？"

"好像是怀过。"

"打掉了？"

"不是，在四处逃难时，她自己用什么东西猛击了腹部……"

"是吗……没患上其他病吗?"

"严重的营养失调。这段时间稍好了一点。"

"是你看护的吗?"

"我也做不了什么,上次来南京时,在一家药店连唬带骗地拿了些洒尔佛散和注射器,我帮她注射的。"

"你……是医生吗?"

"不是,只是学过一点。"

"是学生?"

他笑着点了点头。黝黑脸庞的深处,可以看出一个二十多岁青年尚未褪去的童颜。我和他被迫拉着同一辆板车,一起度过了两个半月的苦难日子,可从未曾想过他有可能是一个学生。即便是勤工俭学的学生,也会有一份只有在学生身上才能看到的东西,也许是因为我一直刻意地隐藏自己读书人身份的关系,对此我一直没有注意到。当时,他经常说的一句话是:"这么做太过分了吧!"

"可是,你怎么知道我叫陈英谛?"

"我第一次见到小杨,是在金陵大学的安全区里。"

"你也在那里? 我当时也在那里的。和妻子莫愁、儿子英武,还有杨小姐。"

"我见到小杨,是在日军打着有俘虏假扮成市民的旗号闯进安全区,把你抓住拉上卡车之后。我曾在金陵大学医院的威尔逊医师家里当学徒来赚一点学费,那时我还是一个学生,所以是自愿去做帮手的。"

自愿去的——光是这一点,在那个时候就是需要莫大勇气的行为。

"原来是这样。正如你现在看到的,我活了下来,依靠一个偶然的原因。"我把涌到喉咙里,不说出来就发痛的话说了出来。

"国际委员会的住房部,应该有原来在卫生部任职的我伯父在那里。"

"我见到杨小姐时,她正抓住那个人,也就是你伯父的胸襟大声哭叫。你伯父从二楼的窗户里看着你被抓到了院子里的卡车上,杨小姐对他喊,他也不是士兵,为什么眼看着他被抓上卡车、被集体处决也不下去对日本兵说一下,那个人不是当兵的?你还算是人吗?她几乎把你伯父的衣扣都抓得要崩掉了。"

"那我伯父呢?"

"他说就是下去了,也拿不出来什么证明,没有证明也没有证据(我清楚记得,他是用英语说出的这两个词),怎么能证明他不是当兵的? 当时我正好从走廊里走过,但不知道哪个人是你,我就赶紧跑下楼去,想去拦住他们,在院子的入口处被国际委员会里的历史教授迈纳·贝茨博士拉住了。自从你们被拉走后,安全区里就变得越来越危险。"

我无语了。并不是没法应答,而是在体会那种场合下伯父所处的立场。作为他来说,不论杨小姐怎样哭叫,他都只能那样回答……陷落之前,他曾劝我加入国际委员会,兴许他心里想的就是,一切都是自作自受!

换个立场,如果是我的话,又能怎样呢?我自己,在被逼着清理马群小学里遭到处决的同胞尸体时,就曾经把一个气息尚存的将校抛到了河沟里。

磨刀人因为我突然间的沉默,抬眼看了我一眼,然后俯下身去继续磨刀。开始时慢慢磨着,再渐渐地加快。说话的时候,他会把刀刃架在磨刀石上。我感受到在他的心里,可能有一种对我的抵触。那也许是因为他感觉到我看上去几乎是无动于衷地在听他讲述我亲人的不幸遭遇。

如果你看着一个活着的正在劳作的人,很难将他和死亡联系起来。但因为我们曾经近距离接触死亡,而且现在还活着,所以必须劳作,只要离开了劳作,人生观就会扭曲。当他抬起眼看我的时候,我当时的所想如果逐

条列出的话,大致如下:

一、人活着这件事,人死了这件事。

二、对别人见死不救这件事。

三、另外就是,一个决定性的日子、获得解放的日子来临之前,必须为之而劳作,时刻为之付出努力。

四、然而,决定性的日子,果真会到来吗?对此,尚有存疑的余地。那一天如果真的来了,历史也许还会准备出另一个日子来。(是相信神,还是相信历史?神与历史……如果历史只不过是一个"过程"的话,历史就是制造虚无主义的元凶。可是,对于一个不了解神的人来说,他只有在历史中寻找其生存场所)——若说起历史的话,在我以及我自己身处的场域之外,究竟还有何物堪称为历史呢?

五、可是,以直线为例,如果没有一种意志性的确信,直线在自然之中是不存在的,不会被任何人所赐予,也没有任何令其存在的任何条件。如果说直线存在的话,它只存在于人的意志作用下的对它的确信之中。对于人类以外的生物来说,直线和纯粹的圆以及三角形都不存在。

六、也就是说,胜利、解放等等,换言之,都是某种观念的实现方式。而且这种观念,只有对人类而言才可能存在。

可是，想到这里，我的思路必须回到前面的第二条。把话说得再冠冕堂皇，可又有什么用？

回到那一条，也就是说，不论在任何压力之下，对于暴力之下的非正常死亡，都不能以人的名义坐视不管。最后，还有第七条。如果一个胜利，是以牺牲原本想要救助的对象本身为代价换取而来的，那么，这种胜利的价值只不过是假定性的，恐怕任何人都能看穿它伪装的画皮。

然而，很难相信，每一个具体的人都能有足够博大的胸怀和力量，能够将这七件事通盘地思考。当人意识到自己的存在的时候，往往是在他感受到自己所处的生存条件难于接受之时。有的时候，不得不见死不救。但是，纵然如此，我们也不能够让自己面对所有悲惨之事都束手无策。我之所以将这些惨不忍睹、罄竹难书的事记在日记里，是想在自己的痛苦尚未远去之际，确认一下人到底能够承受何种程度的地狱般的体验？人到底为何物？随着时间的流逝，我也未必不会将这些痛苦遗忘得一干二净。因此，虽然我不曾言表，但每时每刻，我无不是在暗黑的绝望与无际的希望之间彷徨往还。希望，是因为确信自己有坚守希望的义务，所以才终于触碰得到的。这种时候,"尽管如此"是我能说出口的惟一词句。然而,尽管如此,我决不承认自己是一个厌世者。希望与绝望同样,都是一种沉重的负荷。但我认为,我们有义务承受这种负荷,直至死亡。换言之,也就是必须去承受希望。可是,究竟是谁,是什么把这份义务交给我的?是神?是历史?就我自己而言,我想断言,既不是神,也不是历史,是我自己将这份义务交给了我自己的!是我创造了这份义务!当我说出"我自己"的时候,我好像感觉到自己的肩头被某种超验性存在轻轻触碰了一下的颤栗……

一个决定性的被解放的日子也许并不存在,这件事本身,难道不正是让我们产生希望的源泉吗?如果不能够相信眼前的日子惟有劳作,那么,除了自杀之外就别无他途了。惟有一天天的日子,惟有一天天去劳作,这反而能够让人窥见到一种洋洋大观的恢宏。

的确,在以生死为代价交战之际,人为何物的讨论听起来像是痴人说梦,这也是一个事实。可是,当对人性的看法变得含糊时,无论怎样的战争,都无法让人以生死为代价去战斗,这也是一个事实。也许,我们当下所处的是一个基本的时代。和人类自身一样,所有的价值与道德都被剥去外衣、全身赤裸地遭受到了暴虐。也许,如今最痛苦的,最受尽折磨的,并不是人类自己,而是道德本身。与死去的人和濒死的人相比,还活着的人其实更为凄惨。我就亲手把那个气息未断的人抛进了河里。

(我想知道自己所说的,到底是什么?)

年轻人将磨好的刀拿在手里,仔细端详。强烈的阳光从菜刀这一厨具中唤醒了纯金属所特有的光芒……或者说,是将菜刀原有的光芒,还原到了在我笨拙的手中变钝的刀刃之上。这样的作业,是这个青年人在我沉默之间独自默默完成的。

我总是在努力让自己成为某种人。

杨小姐这一代年轻人,他们总是在想着要去做某些事。我总是思考着,自己必须成为怎样的存在(存在)?

他们总是思考着,在给定的时间和场所之中必须怎样去做(行为和组织)?

菜刀的刀刃反射出的光线过于刺眼,我赶紧把视线移开,他也移开了视线,于是,两人的视线在一个疏离出来的奇妙的地方交汇了。不过好像什么都没发生一样,他重新开口说道:

"杨小姐好像也没能看到你夫人的最后一刻。被日本军人……听说她最后是心脏出了问题死去的。不,不是被刺刀刺死的。杨小姐说,好像是突然阵痛发作,然后被人踩踏。尸体被装上了卫生局的卡车。十二月十五日晚,杨小姐找了七八个青年男女在医院后面开会,商量组建自卫组织的时候(这种事在安全区里是被禁止的),日军突然破墙而入,她来不及逃走,便昏厥了过去,醒过来后就发现你的儿子英武不见了。她让我一定替她说声对不起。其实,当时我也出席了那个小型会议,可是……"他突然闭了嘴,开始磨莫愁生前缝纫用的一把剪刀。由于他磨得过于用力,我不禁担心他会不会把剪刀磨断。"当时,我也害怕得逃了出去。非常对不住你。这个过失,我要用一生来补偿。"

灼热的烈日像梵高的画中一样,在眼中呈现了两个、三个,不停地旋转,我感到脸上发烫,双耳开始轰鸣。而且那两三个烈日之中,都有一个蜷曲着手脚的婴儿在酣眠……

突然,房子里传来了音乐。卫兵谷中打开了收音机,是一首清缓慢的舞曲。

"在苏北再次见到杨小姐,我也向她道了歉,她只说了句,至少我还活着。最近,我们谈得多了起来,她才讲出了南京的这处住宅的事。我告诉她,在那里做仆人的,好像就是你,可是,她根本无法相信的样子。这也不奇怪。"

"是的,这也并不奇怪。她根本无法想象我是在做奴仆吧。"杨小姐也并不知道地下室里的发报机的事情。"她说了什么关于我的事情吗?"

"嗯,她说你是一个总想走中庸之道的人。"

"中庸之道?"

"嗯。"

我的愁眉终于稍能舒展了。任何人都是无法走中庸之道的。因为,人只要尚未失去进取之心,就不会走中庸之道。我被认为想走中庸之道,那只不过是我这个故作老成之人的傲慢之心的表现。到底何为中庸?其实我一直捉摸的,尽是些自己都捕捉不到的极端之事。

"请你告诉杨小姐,没有什么中庸之道。我是一名奴仆,只不过在我看来,自己怀揣着的不是纸钞,而是纯金。"

这样说着,我感觉自己好像变成了一个奸猾世故的冷酷之人。

我们两个人的嘴角都微微含笑。我回到房子里走上三楼,取出一叠纸钞交给磨刀人。

"给杨小姐多买些洒尔佛散,告诉她回到这里也是可以的,我会征得桐野大尉的允许,然后再通知她,让她在这里养病。只要托我在卫生部任职的伯父,就能搞到一些药品,这件事情下次再办。"

"你的那个伯父,在经手鸦片和海洛因的生意。"

"啊?"

他几次说过转行做律师的,最后还是没有辞去卫生部的真正理由原来在这里。按照国民政府的条例,经手鸦片是要判处死刑的。

磨刀人像是在催促我下决心似的,抬起眼睛,眼神十分犀利。

"这是真的吗?确切无疑吗?"

"他在安庆、九江都布设下了贩毒网,是和日军特务机关合作的。"

"……是吗,原来如此!"

我终于明白了当桐野大尉去安庆、九江方面旅行之前,伯父要提前十天去那里的原因了,他是要先去物色合适的人选。

桐野大尉回来了,磨刀人便匆匆离去了。他走到马路上时,重重地敲了几声竹板。

做晚饭时,我把手指切了很深的一个口子,原本只是轻轻碰了一下。在烧鲤鱼时,我想起了英武。城外被日军包围,炮火打到城里的时候,一直蹲在家里实在难受,我们便走到院子里,英武捡起了一枚红叶对我说:"爸爸,好漂亮啊!"他的声音至今还留在我的耳畔。想到这里,我就一刀切了下去,瞬间使血流如注,几乎让我昏倒过去。我原本见到过大量的、成百上千人的被屠杀,见到过一片枯草被鲜血染黑后再被吹干的景象。

今天我记住了一句日语。

桐野大尉总是挂在嘴边的"哎! ゆううつなだあ"!"ゆううつ",郁闷也。我决不郁闷,也不堵心。

还有一件事必须如实记下来。自从那个当磨刀人把家里的刀具全部磨完后,不期然地有一种幻影向我袭来,令我毛骨悚然。——我拿着菜刀,就像剁开大块的鱼肉一样,将桐野大尉剁成了碎块。当这种幻影袭来时,我周身的毛孔汗如泉涌,心跳加剧。坦白地讲,切破手指时我也并非只想着英武的事情。这种不稳定的情绪是必须自戒的。

八月二十一日

十七日的日记里,我说自己并不揪心。

但是,该来的事情终于来了,我必须做出决断。那就是关于伯父和K的事情。

恐怖分子、暗杀专家已经被派遣过来了。他们在黑幕中登场,目的是要处决同胞中叛敌的主要分子。对共产党的监视也将会更为恐怖和严厉。我决定明天和K会面,最后一次把该讲的话讲清楚。对于伯父,如果他经手鸦片的事属实的话,也决不能放过他。

……

我有些怀疑起自己的眼睛是不是有什么问题。

伯父自不必说,比如K的事情,我在K成为双料间谍之前,也就是去年冬天我正备受煎熬、身心崩溃的期间,就曾明确预感到K会不会是双料间谍,至少他有那样的潜质。那是不是因为我也有那样的潜质呢?也许是的。

而且,今天我又见到了那个穿灰色旗袍的眼窝深陷的女人。

今大,我去壶中天给桐野大尉买酒,随后委托他们帮助联系明天下午我与K在玄武湖会面。回来的路上，又见到了两个月前，也是在和K接头时从眼前一闪而过的那个穿灰衣服的女人。因为她的长相酷似死去的莫愁，当时给我留下了深刻的印象。我凝视着记忆中的这个女人的容貌，发现她和莫愁的相似之处已逐渐消失，反倒向相反方向变化了，有一种奇怪的、异样的神态。那是一种没有任何情感的、对于一切都漠不关心、无动于衷的麻木，同时又富于激情、充满情欲的冷酷神态。那也似乎是心理上的分裂呈现在容貌上的一种异样的神情。今天，又见到了那个女人。我简直不敢相信自己的眼睛，因为她的容貌竟然和我在记忆中所凝视到的完全相符。除了眼窝深深凹陷之外，她的脸上再找不出任何与莫愁的相同之处了。她坐在一辆三轮车上。也不知被什么所吸引，我向酒店借了辆自行车一直跟在她的后面。那个女人走进了日军经济顾问的公馆。

我从那座公馆前走过时，心想：果然如此！

我也渐渐有了一眼看上去，就能看出对象是什么东西的本事。就像瓷器玩家看一眼东西就能知道货色一样(？)。这究竟值得高兴，还是应该感叹？我本来的任务，是指导监督五名谍报人员，将他们的报告整理后用发报机发出。可是不知不觉，我自己也正在成为那方面的专家。

此时,我想起了在一部俄国小说中读到的场景。一名男青年A被男人B跟踪。两个人是好友,可是B私下想杀掉A。一天,A在陈列着刀具的橱窗前站住,看着一把把寒光闪闪的刀具,不期然间,A突然感觉到B正要用刀杀死自己。类似于透视或称为第六感的一根无形的线连接着A和B。实际上,B正手持匕首隐藏在街角。对于A已经注意到自己,B也通过(类似于电波的)某种透明的介质察觉到了。A离开了橱窗,向街角走去。两个人在沉默之中错身而过,他们交叉着双臂,若无其事地分别走向街道远处。

我一直在拒绝小说式的记述,那么,我自己是否在不知不觉之中走向了与小说相反的,与人们的日常生活相脱离的层面?如果真如此的话,这又是以何为契机发生的?是必须时刻保持紧张状态的意识,让我发生了强制性的化学变化?或许,在充满了危险的异常的生活之中,危险与异常已经侵犯了我的生活。由于健康的日常生活的丧失,我正在向非人化方向转变,获得了专业性的眼睛。我在这个世界上最讨厌的,就是那种地下工作者特有的脸,像蛇的肌肤一般苍白或者发黑,藏着深深的疲倦和污浊的,散发着瘆人的颓废气味的脸。我有可能已经变成那样的一副面孔,已经散发出那种颓废气息了。

也许正因为如此,才让那个磨刀青年从心底感到拒斥的吧。

我决不能成为小说式的角色,因为那在实际生活中必然会遭遇失败。

八月二十二日

玄武湖。

湖面上的水浅处开着一片紫色的凤眼蓝的花,湖水也映成了紫色。K手握木桨,让船从硕大的荷叶之间穿过,划到宽阔的湖面上。远远看去,古林寺、鸡鸣寺的蓝瓦、红柱、白墙一一映入眼帘。以黄色的大地为基调,蓝、红、白三色交错、杂糅、离析,从而构成了紫色,以及黄色之上覆盖着的紫色,这就是我们这座都城的色彩。在黄色大地之上巍然耸立的紫金山,被黄色大地所怀拥的紫色的玄武湖、莫愁湖,还有越往高处紫色越浓重的天空。这都是从史前直到史后,这块土地被应许的永恒之美。我们为了经受这种无情之美,所以才构建了宽达五米至十五米的城墙栖居其中。

湖上到处游着成群的鹧鹚,不时发出短促的咕咕的叫声。

K把手枪别在腰间,因此在挥动木桨时,枪托正好抵在他的腹部。

这只手枪,就是在湖畔找到这只小船时我交给他的。我来时就如此计划,所以把枪系在脚踝处从家带来。

"K,你带了手枪吗?"

我问道。

K很吃惊的样子,本来他是一个冷酷而又精于计算的人,此时,脸上却浮现出了孩子般的恐惧。看到他的样子,反倒让我心里一惊。他让我意识到,我自己的身上在不知不觉间染上了足以威慑他人的威力。

"没……没带。"

他有些惊慌失措了。但一眼就能看出这是句谎话。他和我一样,也在裤脚处像苦力那样系着纽扣。手枪就系在脚踝骨内侧。我将裤脚处的纽扣解开,把手枪递给他。

"是吗?那你能帮我拿一下枪吗?实在不习惯,这么沉的东西挂在脚脖子的地方,走路都不方便。而且还会破坏心情。"

K笑了一下,能看出来他好像是在说,可不是吗,不习惯的事情还是不做为好的。那也许证明他已从刚才的惊慌中恢复了常态。

"今天是有什么事情吗?"

他发起了攻势。

"借用一下那艘船吧。"

我们的周围一个人也看不到。

K先乘上了船。

我心里暗想,即便让K一个人把船划走,我也能从岸上击毙他。可是,我的手枪已经交给他了。

船划到了宽阔的湖面上。

"K,我要说的话,不讲出来你也知道的吧?我本可以开枪杀了你的。我确信没有看错——但是,我的手枪刚才已经交给你了。"

我坐在船舱中间,盯着站着划桨的K说道。他划桨的手停了下来,掀开衬衫,拔出手枪,手握枪身——一直站立着,身影倒映在平静的湖面上。我心想,这可有些麻烦。但是,我没有一丝的恐惧。我心里想"有些麻烦",指的是K的身体姿势。他站着,我坐着。他倒握着手枪,那种姿势并不适合于向我开枪,而更适合于用枪托击打我。

我本想说,坐下说话吧,可是这时候却说不出来。

"也许……"

K一脸诧异,不自然地耸了耸肩。那一瞬间,他真的想过要动手杀了我的吧。在这个地方,我像一条鱼一样死去("也行啊","没办法"。这两种心情都有),不可思议的是,竟然没有"去你的"的那种反抗之心。当种种漂浮出来的令人眼晕的情绪渐次消散,一句意想不到的话脱口而出,让我自己也吃了一惊。我既感到自己过于狡猾,又觉得原本就应该这样说。映成紫色的水面上,我仿佛看到了自己的头脑和肺腑的内部。我说出来的话是:

"你的家里有什么消息传来吗?"

所幸的是,不知为何,K似乎并未将我的问话当做是一句故意跑题的询问。

"嗯……都很好的!"

"那就好。我也得到了杨小姐的消息。"

"噢,就是那个还在上学的你的表妹吧?"

"是的。不过,她染上了梅毒和海洛因中毒。"

"……"

"你,现在是不是需要钱?"

K猛然间弯下了他瘦长的身躯, 屁股坐到了船底。这样一来,我坐在船板上反而处于高处了。他把手枪放到了我和他的中间。在湖面自由漂浮的小船,被风吹到了一整片莲花的旁边。K结交了一个女人,而且被这个女人利用了。我认定,就是那个穿着灰色旗袍的女人。那一次,我本想把一个胶卷交给K,在接头地点壶中天酒馆和K谈话时,个让我感觉她的长相酷似英愁的女人从眼前走过的,我直觉就应该是她。同时,我也对自己的这一直觉极其反感。恐怕,当时K正准备见她,和她一起出去。因为有我在,所以当时K的身上,有如被一条蜒蚰慢慢爬过一般地不自在。

"那个女人知道我的事情吗?你对她说过吗?"

"没有。"

他的眼睛告诉我,他没有说谎。如果这也是一句谎话的话,那就必须把他们两人都交给那些暗杀专家了。

和一个搞谍报的女人上床,到底是一种怎样的心情?我竟然想到了这样的问题,这让我十分意外。是不是就是现在这样的,我和K讲话时的这种心情……?

K的脸上满是汗水。当他要张开嘴讲话时,我看到了他发黑的舌头。满脸的汗水让他的脸看上去像是在哭。

"我不想用什么爱国心之类的话来打动你。爱国心其实什么都不是,而人的身体是实在的,不同于观念等等的抽象之物,(真让人急不可耐!)如果中弹,就会死掉!"

"你认为刚才我会开枪吗?"

他的眼神像一条金属线穿透了我。他原来比我更加痛苦。

"不,我以为你是要在船尾揍我。"

"的确是的。"

我若无其事地继续谈话:

"我不相信任何主义,主义与方针都只不过是行动所需要的工具而已,并不是为了要去信仰的。我只相信人的天性。要去做自己想做的事,去实现某种观念或理想的时候,能够凭靠的决不是观念、理想本身,而只能凭靠自己的身体。专门处理身体的专家已经被派过来了,K,你知道吗? 我们这些搞谍报的,其实都和犹大差不多……"

"犹大?"

"就是《圣经》里的犹大。"

"哦……"

"也许,在犹大以及客西马尼园之夜的彼得看来,耶稣是何等无情、可憎也未可知。要成为一个真正的人,并不像爱国狂和政治家所说的那么简单。没有经历过与自己的斗争和对抗,爱国等等是轻而易举的。恐惧、愤怒,或者去殴打、杀戮,都是不需要任何思想和统一的意志的。"

"……"

"该回去了。我要回去做饭了,今晚,桐野大尉要举办家宴。"

"那个女人也会去的,你都看出来了吧?"

"能填充男人的精神裂隙的只有女人,即便是敌方的女人也一样。只不过,最成问题的,可能是以后需要你向她喂料吧。"

K把手枪交还给我。

上岸后,我问:

"刚才的话,你都听明白了?"

"应该是的……"

这样的回答很好。我讨厌夸夸其谈、信誓旦旦的人。

我们似乎把"誓死复仇"的话说得太多了。如今真正能够"誓死复仇"的人,也许只有不识字的同胞和他们的兄弟。

我们坐在小船上时,只有两个人。其他一切似乎都消失了一般。

可是,在我们的社会里——我无意中使用了社会这个词,细想一下的话,谍报工作者的社会与被强势者所压迫的一般人的社会,其实没有什么不同。即便像今天与K的对决,在任何一个社会里也都是寻常之事。那一刻我突然想起了犹大,但是犹大与耶稣的关系,并不只适用于我们这个特殊形态的社会。那种关系启示我们,不论是以虚无、怀疑为出发点,还是以希望为出发点,抑或以两者的争斗为出发点,有自己的判断和自己的思想的人,都只能以自己的身体为成本去换取。而且,如果那种判断与思想反过来对人形成了压制、将人非人化时,也是必须要用身体与其抗争的。

但是,这里便会出现一个问题,那就是,人果真有足够强大的能力完成那一切吗?不论你的本意如何,当你必须做出一个抉择的时候,你会发现,相当于耶稣、犹大、彼得的角色会同时存在于同一个人的内部。因此,谁也不能保证在这种情况下,依然能做出满足所有条件而又不偏不倚的选择。于是,各种思想便会寻求更多的支持者,众多的人便被组织起来。当人被组织起来时,便会经历自身的蜕变,而思想本身也将发生质变。有了组织,便会有相伴的行动与责任,政党也正是如此产生的。关于政党,知识分子往往从一个前提出发,认为它是为了实现某种思想而结成的集团,可在现实之中,由于人的非理性作用,前提会被轻易地扭曲,转而以行动取代目的。在我们自己的历史上,地方军阀的割据时代终结了,政党的时代来临了。

可是,就在一两天前,我还写道,目前我们可能处于一个基本的时代,我将道德观念、价值观念拟人化,说它们正在遭受苦难,而人类自己也许对此并不在意。"基本的"难道只适用于界定政党、意识形态的方针?果真如此吗?可是在我的思考中,这两者总是无法联系起来。在裂缝、裂隙之中,只有身体能怡然自得地存在?那是可能的吗?难道是我思考的次序颠倒了吗?

我刚开始写到,在我们的社会里……结果就拐进了一条岔路(?)里。我想说的本来是,在我们地下工作者的圈子里,有一条法则,那就是你跟踪过一次的人,也就是说那个被你跟踪过的人,马上就会再出现在你的眼前。

穿灰色旗袍的女人(今晚她穿的是薄薄的粉红色长衫)如K所说的那样,来参加大尉的宴会了。她看上去一副愁容满面的紧张神态。我的伯父也来了。我自然是留在厨房里,并没有出席他们的宴席。因为专门从首都饭店叫来了厨子和伙计,我只是打了一下下手。

我一边洗着拌色拉用的蔬菜,看着厨师小心翼翼地做着以毒鱼河豚为原料的菜品,不禁心里暗想,这种河豚鱼可都是放在冰块里从日本空运过来的啊。宴席上的菜,有中国菜,有西餐,也有日本菜,真可谓应有尽有。一个日本所称的特务,平时穿着西装的大尉,在中国好像能享受到相当于大校一级的奢华,但他们用的,实际上是把鸦片、海洛因贩卖给我们的同胞们赚取来的黑心钱。

关于宴会,实在没有什么可以记述的。日本人照例都是真的喝醉了,而中国人照例都假装喝醉的样子。

十点一过,他们全部坐上汽车外出了,去的是有日本艺妓的妓馆了。最近在被侵占的民居里又新开了两三家。伯父没有坐车,他说喝多了所以想走着去,就先来见了我一下。我想着要在他们都离开后去地下室里为发报机的电池充电。大尉和卫兵谷中今晚都不会回来了。

"近来怎么样啊?奴仆也不是那么好做的吧?"

"伯父怎么样啊?当律师能赚钱吗?"

"不,我还是不当律师了。律师也只能算是一种自由职业,虽然有社会地位,但却没有政治保障。这个世道里,民间人做律师,根本干不下去的。"

"原来如此。"

"哎,民间人的最终结果,都只能混成你这个样子。"

"最终变成奴仆吗?"

"是的。"

在他看来,有公职的官吏只要一出山,不论政府性质如何,反正都不至于沦为奴仆。这样看来,政府官僚要远远比任何一种职业的人,都要更名副其实地属于无政府主义者。或许,正因为过于无政府主义、过于享乐的关系,他说:

"我最近对易术比较执迷。"

这证明他的心底其实是非常没底的,所以才相信占卜。

虽然我也事先知道了,但是伯父还是对我讲了让我留在南京保全家产、自己逃到汉口的家兄,利用汉口司法部法官的职权从事渎职行为,差一点被逮捕的事情,讲完后,他看似心情愉悦地笑了。他心里想的是,临时迁到了汉口、一旦汉口沦陷还将转移到重庆的国民政府,不久就将因贪污和内斗而分裂解体。到那时,能和盘踞在延安的共产党相对抗的,就只有他们了。

也就是说,以汉口政府的腐败为背景,在南京诞生出了一种新的理论。我担心在汉口也有这一新理论的共鸣者。而且日军方面不断传来汪精卫一派正发生动摇的消息。我担心这一新理论会得以实现。

伯父讲了很多话。其中他说:

"这种时候,我们基督徒要比一般人担负着更多的义务。"

听到这话,我惊奇不已,只得目瞪口呆地看着他的脸。他似乎是打心里这样想的。有人说,如果绅士之间结成了一个同盟,最想加入那个同盟的就是小偷。伯父似乎越来越变成一个高尚的"爱国者"了。而他要成为"爱国者"的最大理由,就是他已经染指了鸦片、海洛因的生意,后面的对话明确无误地证实了这一点。

"杨小姐有消息了。非常可怜,她染上了梅毒,加上海洛因中毒。我会设法征得桐野大尉的许可,把她接回来。"

我这么一说,他好像吓了一跳的样子。

"是吗……日本如今想效仿一百年前鸦片战争时英国人干过的事。鸦片越来越多,不可思议的是,日本人越是爱国,越没有罪恶感,不管是卖鸦片,还是卖海洛因。"

"这么不择手段。干这种勾当，难道就没有任何来自于道德方面的阻力？"

"好像都交给东京的那个活着的神来安排了。"

"哈哈。"

这真称得上是对道德问题的一种全新的处理方法。拥有活在现世的神①，这种新观念是现在日本的强项。

"可是，仔细想想，这个时代不那样的话，也就干不成什么像样的事。要把已成为烂摊子的中国解救出来，一段时间内也必须要隐忍。"

我好像能听到，他的心里有什么东西轰然崩溃掉了。连他也把自己的灵魂交给东京的那个神了吗？我黯然地说：

"伯父，那是不对的。"

我在不失恭顺的限度内反驳道。我意识到自己的立场变得越来越困难。我不能讲得毫无顾忌，被他看出来我是一个反抗者，一个地下工作者。我暗自希望我的

---

① 这里的"活在现世的神"以及对话中的"活着的神"暗指日本天皇。——译者注

心情能还能传达出来,但也担心我越是反驳他,他当前越是会去极端地去"爱国""救国",最后变成日本人,变成隔了心的异邦人。伯父沉默着没有回答。他在隐忍着,但愿他所隐忍的还没有过于南辕北辙。

"卫生部一定在主管药品管理,你能帮杨小姐搞些洒尔佛散吗?海洛因是严禁之物,那种东西决不需要……"

伯父,请你一定要小心,如果你过度染指毒品,我只能将你当做毒害民族的罪人,通报给那些已经身着黑衣在舞台登场的杀手了。

"是的……我也会小心的。算命的也说了,毒品是不能碰的。"

他不相信道德,反而相信占卜。这和他认为自由职业者没官职就行不通,也如出一辙。

讲完毒品,伯父站起身来,他要去妓馆了。叫来的厨师也都回去了。我迫不及待地要开始充电作业,但对伯父放不下心,所以还是把他送到外面。情报当然重要,但人也是重要的。走出黑黑的街道时,伯父说了一声"可是"后,调转了话题。

"今晚来的那个女人,丈夫是经济部的一个年轻的科长,已经逃到了汉口,因为放心不下家产,两口人商量决定把她留在南京保全家产。很了不起,是个女中豪杰。你为了替你哥哥保全家产当了仆人,她也是主动走进了政府的秘书长室。通谋敌国,保全国家,噢,不对,是保全财物。"

我非常惊讶的是,我并没有努力去搜集情报,但情报却一件件主动地送上门来。仿佛被一条无形的必然之线所贯穿,我自己也成了一个隐身人。

回到家,我立即开始充电。充完之后,我照了照镜子,仔细端详着镜子里的自己。如果任何人看到我的脸,都会感觉到一种无形的诱惑,想对我讲出和情报相关的事情,那么,那就是我自己的毁灭之时了。当过分的专业性让我失去了平凡的日常性,毁灭就将降临。原本,我是应该去努力认识和观察的,却由于自身的毁灭,让自己获得了更具现实感的认识,那将是一出悲剧。这半年来的很多事让我知晓,当毁灭迫近到了眼前时,甚至会显得异常甘美。我的妻儿都被惨杀,作为一名孤独的中年男人,处于一个十分难于寻找自我平衡的位置上。我最需要的,是能和即便自己孩子被杀死、即便强奸就发生在眼前,也能忍耐一切(而非绝望)且动作规整地耕种土地的农民一样,强大而平凡的日常性。平凡,就是我此刻的梦想。

桐野大尉和他的卫兵可能要到明天早上才回来,我走上二楼为他们铺好床。像以往那样,我把二楼所有灯都关上,把台灯的灯泡换上最亮的,然后从大尉的皮包里取出文件拍照。把文件放回去,整理大尉的书桌时,在拉铁摩尔中国研究著作和袖珍本的《论语》中间,我发现了一本印刷很差的英文书。我拿了起来,原来是一本上海出版的淫秽书。我愕然了。也许会有人说,敌人的堕落是根本不值得去忧虑的。可我还是愕然了。原本并非职业军人、而是大学教授的大尉,读着拉铁摩尔和《论语》却不能满足……我好像窥探到了他藏在幕后做私事的现场一样,心生反感。他们在迅速地堕落。不仅是大尉,自己身边的同胞也有一部分这样的人。当初,知道我并非是一个单纯的奴仆,而是在为家兄看护房子时的大尉,还没有落到这般地步。我这么说,莫非是因为我当时对这个(敌人的)将校有好感不成?

那……恐怕不是!但是,原为大学教授的知识素养和侵略中国的行径之间难于联结在一起的关系,那中间的一条黑暗的裂隙,让他去寻找这种粗糙的英文淫秽书,让他举办这种与身份不符的盛大宴会,确是毋庸置疑的。也是同样的原因,他才把"哎!真郁闷啊!"像口头禅 样挂在嘴边的吧。的确令人郁闷。中国、日本,都有了裂痕。黑暗的裂痕。

可是,用伯父的话说,他和他们当前是胜利者。然而,胜利只不过是胜者种种属性中的极小的一个,他们的胜利都不足以消解和解释他们的郁闷,这就是明证。我们也许是失败者,可是,战败也只是失败者的种种属性中的极小的一个。那些农民是失败者吗?他们决不是失败者!他们首先是农民!他们一旦参与反抗,就不会以失败者的身份,一定是以农民的身份来参加。因此,他们如果参加战斗的话,在求得人类的解放、农民的解放之前,他们的战斗是不会停息的。而且,他们必将在战斗的过程中,超越和克服当下敌人——日军,那时,他们就将是无敌的。那时,纵然农民的身份不会变化,可是,他们本身也必将发生决定性的变化……

无论怎样被奴隶化和物质化,我们依然是人。

这样思考下来的结论让我自己也十分吃惊。那就是,这场战争如果能够正当地进行下去,其结果,将超越对日本抗战的层次,最后转而实现革命……

最终克服这场战争的,将是革命。

我有信心说服大尉,得到许可,把杨小姐接回家里。

九月十二日

"大尉——"

我放下托盘,叫了他一声。

刚拿起筷子的桐野大尉手里端着碗,扭过头来。

他的脸通红,桌子上放着玻璃杯和威士忌的酒瓶子。他边喝酒边整理着材料,应该是特工方面的提议案。所以,当我敲门时,他说稍等,让我在门外等了两分钟。

"怎么了?有什么事?"他先用日语,再用英语问道。

我沉默了一会儿。

于是,大尉先说了会其他的事。这个男人对沉默的忍耐度很低。

"这个……"他手指着作为餐后甜点我为他端来的盛在碗里的东西问,"这种莲藕粉调出的糊,汉语叫什么?这种粉红色的光滑、黏稠、软口的感觉非常美妙,有甜甜的、浓郁的香味。日本没有这样的东西。日本只有葛根粉。按说日本也有莲藕,可为什么没有这种莲藕粉调出的糊呢?这种光滑感让人想起处女的肌肤。这个东西,陈,我认为是一种中国文化。"

"大尉,有件事想求你。"

"求我?哈哈,那很难得啊!什么事?说来听听。直到今天,一直是我们在求你,求你不要再做奴仆了,做一份你更适合的、与你的知识和身份相符的工作,来协助我们。可是你根本不听。到底什么事呢?"

"最近,我打听到我的表妹杨妙音的消息了。除了家兄,和在你们政府的卫生部工作的我伯父之外……"

"你们政府?话不能这么讲吧。哈哈哈。"

"啊……除了家兄和伯父之外,我的亲人里只有她还活着,这个消息是确切的。"大尉皱着眉低下了头。我的妻子、儿子已被日军惨杀了。"她还是一名女学生,我想把她接回来,让她在这里疗养。"

"疗养?生病了吗?"

"很遗憾,是的。腹部……"大尉立刻锁紧了眉头。

并不是他对生病有什么讨厌,而是他听出"腹部"一词的意思了。桐野大尉对他的同胞军人们所犯下的强奸妇女、杀人放火的罪行,近来变得极度地神经质。

"腹部的话——,并不算严重吧?"

"营养失调比较严重。"

"噢?是吗。"

他的这句"噢?是吗。"的意思,在我看来,应该是对杨小姐被强奸又染上性病的确认,但似乎更像是以为她只是肠胃不好而已的简单的应答。

"不是患上了伤寒、霍乱吧?"

我还是没能说出她染上梅毒的话。为了消解梅毒的痛苦,又导致海洛因中毒的事,更是难以讲出口。

"不是伤寒、霍乱。"

"噢……"

大尉考虑了一下。

"没有传染的危险。"

"噢……真抱歉,让你这么辛苦。"

他的"噢"的语气里似乎饱含了同情,可是,诡异的是,后面接着说出来的"真抱歉"什么的,听起来更像是胜者的自我夸耀。

"本来这个家,陈,我们是作为接收过来的敌产在使用,本来是你的……哦对了,是你那个逃到了内地的哥哥的家。所以,你想让你们的表妹在这里疗养,她又是在这场战争中患上了病的,那么,我是没有反对的理由的。"

"那么——"

"稍等一下,有一两个条件。"

会是什么条件？我事先也预想了几个。

"什么……？"

"她患了什么病我并不知道。总之,必定是没有这场战争就决不会患上的病吧。你表妹叫什么名字？"

"她姓杨。"

"她一定也是在上流阶层的人家里衣食无忧地成长起来的良家子弟,纵然战争是没办法的事情,但我认为我们有义务帮她治好病。"

"……"

如果真是那样的话,你又能为成千上万的难民和死者做些什么？如此这般,将日军犯下的南京暴行,归结为人类的残暴或者战争的残暴这类的普遍性的层面上去稀释和消解,这难道是可以容忍的吗？

"让杨小姐在日军的医院接受治疗,并且在治疗过程中让我们拍两三张照片。"

"你是说,把照片作为体现日军的慈悲的证据,公布出来?"

我的声调突然变高了。还是要小心一点。

"可以在征得她本人同意的前提下。这两件就是我所讲的条件,都可以遵照杨小姐的自由意志来做决定。"

"假如她拒绝了这两个条件,我也请你同意,让她回到这个家里来。"

大尉仰头看着天花板,用手搓着下颚。

"这个嘛,"他变了个音调,发出粗哑的声音。让我解释的话,我认为他是在被迫做出决定的瞬间,突然从作为个人的桐野变成了作为指挥官、日军将校的桐野大尉。"好吧。可以!"

"那过几天我就把她领回来。"

"你是说她已经在这边了?"

"现在住在一个美国人的家里。那个美国人对她很好,但不太喜欢生病之人。"

"哦?美国人讨厌病人吗?"

"那是当然。"我心想你不也是吗?可是嘴上没有说出来。"多谢了。"

身为向来习惯于大发慈悲的"皇军"(这真是一个古语,让人想起一千年前、两千年前的神话里的战争)将校,大尉对于自己去做美国人不愿做的事情,似乎还有些难为情。

收拾好厨房,晚八点钟我走出了家门。不妨在这里顺便一记的是,近来桐野大尉对我说,晚上八点钟以后,我就无需再工作了,可以自由支配时间。他希望我成为他谈话的对象,给他讲讲当年在海外的见闻(幸好他没说让我讲中国的事)。所以,晚八点以后我就可以解放了。这对我来说,既是好事,也是坏事。因为,之前我常趁他外出之际,多半是晚上,以在榻榻米上为他铺被褥为由进入他的房间,把文件拍成胶片。

出了家门,我警惕地观察着有没有被盯梢,特意绕道去了K的住所。因为和杨小姐、磨刀青年约好,九点半在一家茶馆见面。

我在晚上的突然来访,让K非常意外,所以一开始他非常戒备。这也难怪,前几天我刚针对他做了双料间谍之事,表示完全可以干掉他,也说过有可能把他交给那些专业杀手。

"今天来是有什么事?"

"今天没什么事,我可以把我的表妹带回家了,除了你,就没有人能和我分享这个关于亲人的好消息了。另外,我也想看看近来你画了什么样的画,所以就来了。

是不是有什么不方便?"

"不……你是想看看双料间谍能画出什么样的画来,用画做一个心理分析?"

"不是的,没有那样的想法。你千万不要胡乱猜疑。"

"嗯,有那样的想法也没关系。"

"嗯……"

他满脸忧郁地站起身来,把反靠在墙边的一幅约七十公分长、五十公分宽的画取了过来。

这之前,我写过二十年代上海武装暴动时和我一起在漆黑的里弄逃命的立志成为画家的朋友的事,那个人就是K。这次战争爆发后,我被任命负责统领五名谍报人员,结果发现其中的一人就是他,这让我极为惊讶。但是,询问其中的理由和经过既不是我的任务,也不被允许。我们这些人,也是在别人监视之中的。

"这是近期的一幅作品,用了四天时间画的。"

画面上,是一个农民的半身像,他穿着满是油光发亮的污垢的黑色棉袄,露在草帽外的头发、胡须、眉毛几乎全白,黑色棉袄的袖口处和脖颈处露出既像衬衫又像围巾的部分,是用鲜艳的红色画出的,在黄色和黑色糅合出的背景色调的衬托之下,格外显眼。画中几乎找不到任何的故事元素。

"很有现实主义风格啊!你放弃了乔治·鲁奥的画风了吗?"

"嗯……我觉得那有些过于适合我了。"

"呵呵。"

我注意到在挂着画布的花架的支柱顶上,依然挂着一个耶稣在十字架上受难的小铜像。

"看来,你还在坚守着信仰呢。"

"嗯,还坚持着……不过,也不再去教会了。……也是一样的吧。"

看着画上的身穿棉袄的农民,我立即想起了在埋葬英武的地方见到的那位农民。

仔细看去,画面上穿黑棉袄的农民的眼睛,好像有点奇怪,两只眼睛画得好像不均衡。我把这个发现告诉了他。

"的确是的,怎么画也画不好,也可能是每次都只能在晚上画的关系。"

"是吗?只在晚上画?"

"只在晚上,白天画那些用来卖钱的画。"他恶作剧一般地使了个眼色(他的这种孩子气一定是那个灰衣女人所喜欢的)。"也有太忙的缘故,战争结束前,我决定自己的画都只在晚上画。画得不好,也不去在乎。"

"眼睛画得不对称啊。"

"是……我承认。可是,你如果一定要从中读出什么含义的话,我可不同意啊。"

"噢,是吗。明白了。请你原谅。可是,你突然不再去桐野大尉的那个地方,反倒不好。还是继续去吧。"

"我也是那样想的。可是很痛苦,所以画出来的眼睛都不对称。哎,我刚说过不让你胡乱揣测的。"

"其实看起来,你的画变化还是很大的啊。"

"……总也不能有平静的心态。我在这里挂了一个十字架,在它前面工作,可还是不能够笃信。该相信什么,我不知道。"

"那太危险了。"

"嗯,走这种现实主义的路线也是很危险的,或许是抽象之物被抽象之物所吞噬掉的一个结果。可是,现实主义也很奇妙,看起来像是有独特的方法,又好像没有,真看不懂啊。所以,连眼睛都画不对称。能够证明我虽然进出桐野大尉的战略事务所,但我的行动并无二心的,只有在桐野大尉的家做仆人的你。而你呢,在你家、也是桐野大尉家的地下室有一台秘密发报机。你也说不定什么时候就会被捕的。"

"是啊。"

"所以,都是现实主义的啊。"

"这么说……都是在以命相搏啊。"讲出来的话虽有逻辑上的跳跃,但基本是能够彼此理解的。"确切无疑地真实的,只有自己和身处的现实。"

房间的角落里,叠放着准备卖给日本人作礼品用的画着紫金山、城墙、莫愁湖、玄武湖的花哨而平板的小幅油画。

"生意做得如何?"

"无所谓的。你问过我是否需要钱,是否因为和那个女人谈恋爱有关,其实不是的。我想喘一口气了,需要钱倒是真的。"

"因为你什么都已无法相信了,已经绝望了吗?"

"哎,也可以那么说吧。突然间……不,也不是突然间,在那个大尉的事务所见到后就开始交往了。我不知道那个女人为什么会这样,也不知道自己为什么会这样。对我来说,就像 Spark of life(生命的火花)……可是,和她的交往算不算是恋爱,是能从两个人会不会谈论彼此幼年时的事情看出来的。"

"Spark of life(人生的闪光)? 难道不是更为恒久的 Light of life(生命之光)?"

"这个……你就别逼问我了。"

"可是,谈了恋爱,然后向现实主义转变……"

"很遗憾,我们都不再是小孩子了。"

"如果这样说的话,你是把你的绝望与政治、战争等彻底分开,在用一种散文式的话语讲述。可是,将这些作为你即将步入中年的人生危机去解释,是不是对你自己来说,心里更轻松一些呢?"

"你的意思,是说战争、政治都属于虚构,中年、壮年才是现实的……?"

"不是那个意思,我们在实际上,都是认识与行动两者的统一体。"

说到这里,我自己也开始混乱了。好像自己在将战争、政治、壮年、中年、女人、恋爱等等一股脑地放在了一起,放在了同一个鼎里一起混混沌沌地去烧煮的感觉。混乱——可是我并不后悔于这种混乱。我确信,这并不是全然无益的。一旦自认或被别人指认自己的分裂与混乱就不加思索地承认和接受,反而不去看分裂与混乱的积极一面的知识分子的根性,必须唾弃。无论怎样地分裂,人都是一个个整体的存在,这个理所当然的事实反而容易被忽略。

我在沉思之际,K吹起了口哨,翻起了一本西方美术史的大型画册,并且突然说出了下面这句让我吃惊的话。

"画这幅农民的画时,我痛切地感受到,你会好几种外语,我会日语,像我们这样没有一份像样的工作,又勉强懂点外语的人,当间谍是最适合的了。间谍和政治家一样,是没有一个明确职业的人的总称。"

K还算得上是画家,那么,我的职业又是什么呢?这么一说,我感觉双料间谍并不是K,好像竟是我自己一样,不由得打了个寒颤。

"那就把间谍和间谍技术也视为一种正当的职业好了,这样的话,就是意志、精神层面的问题了。"

"什么?"

K一脸惊讶地凝视着我,我也认真地盯着他的眼睛。两秒、三秒,我好像有点晕眩了,但拼命坚持着,仿佛在以自己的生命和精神做赌注。

于是,K好像感觉到他无意中说出的并非本意的话伤害了我。

"请你原谅,我刚才说了什么?如果冒犯了你的话,请一定原谅!"

"不是的……"

我笑着否认了。他好像没有注意到他在五六秒钟

之前无意中说出了一句无限接近于真实的话。所以,我说道:

"你说的是对的。"

我想起了自己很久之前记在日记上的话,"我想将自己定位为一个技术人员,而不是借用什么爱国者之类的夸大其词的名头。用手思考,而非用头脑思考。"我站了起来,到了必须去和杨小姐、磨刀人见面的时间了。

在出门处,K告诉我他获取了一份重要情报。他常带着他自己画的插图、插画进出日本的报社,最近在一群日本记者围着一名从刚东京来的记者的杂谈中听说,东京政府已经决定,退出所有国际联盟的各种委员会,这些委员会是日本在五年前退出国际联盟后也一直加盟的。

走到外面,我深呼了一口气,仰望着一轮下弦月,走在漆黑的路上,不禁浮想联翩。

我注意到一件事情。

那就是K吹着口哨翻动的那本美术史的书,是我在巴黎的时候送给他的。

在他翻开的一页中,有一幅异常触动我心弦的画作。面对一张粗大的桌子,一个看似好色之徒的男子吸着烟斗在读书。他的两额处已光秃,光秃的额头和鼻头都映现在光亮之中。放在膝上一只手也毫无血色地映在光亮中,异常生动。让人印象深刻的是他的眼睛。他的眼睛紧紧盯着书本里中的文字,仿佛在用眼睛咀嚼着文字,甚至能听到咀嚼的声响,他以一副犀利的目光正在贪婪地吞噬着书本。他的手也似乎触手可及,看上去犹如一只猛禽的利爪。桌子上,一只鹅毛笔像短剑一样插在墨水瓶里。背景的墙壁上是一片混黑与污浊。——就是这样的一幅画面。

画面整体的印象,笼罩是在惨淡的、甚至有酸楚之感的身心状态之下,只有人物的眼睛和手如匕首和利爪一般犀利逼人。他眼中的寒光,仿佛直接触及到了我的孱弱、愚笨、迷惑的心灵深处被缥缈的云雾静静包围的灵魂。他的发亮的额头、酒糟鼻子和露出来的一只手,都给人好色和肮脏的印象。动物特性的明显的两只眼睛凝视着翻开的书本,仿佛那里深藏着能够超越一切去拯救他的力量。

我如果没有记错的话,那是库尔贝笔下的法国诗人波德莱尔的肖像画。

一个异国的颓废派诗人的肖像,为何能够如此吸引我?

据实而言,我从那幅画的诗人波德莱尔的身体姿态中,看到了深夜在地下室里弓着腰面对发报机的自己的身影。诗人孜孜不倦地选择词汇、提炼语言、创造美。我既然也以同样的姿势面对发报机,所以,没有理由不像他那样,去做出具有同等价值的事情。

诗人真挚的眼神虽然永远保持着锐利,但他的身体和杨小姐一样,为梅毒所侵蚀。而我,也为了自己能得到救赎,在祈祷中敲击着发报键,也有可能随时被发现、被拷打,再一次地被杀死……

踏上茶馆的楼梯,我心里想着如果杨小姐犯了海洛因的瘾应该怎么办?能否做到坚决不给她提供海洛因?是不是找个机会让她住进德国人在上海开设的医院比较好?这样,就不至于在那个开洗衣店的日本人面前低三下四地求他卖海洛因给我了。

杨小姐和磨刀人还没有到,我等了十分钟后,把另一家茶馆的名称告诉给老板,就换了一家店。

杨小姐的脸庞黑得吓人,既不是黑红色,也不是青黑色,是那种纯粹的黑色。正确地说,应该算是浅墨色。她的皮肤却十分苍白,如同白纸。

上楼梯时,磨刀人搂着杨小姐的肩膀,此后一直小心翼翼地照顾着她。杨小姐看到了我,也没有做出什么明显的反应。

"你还好吗？让你担心了,是吧?"

声音是嘶哑的,好像发出来的都是声母S的唇齿音。

"你还活着,这比什么都好。"

"是啊……都死了吧？英武也不在了,是吧?"

"是啊……"

"我的身上还在流脓,流得很多,走起路来特别疼。因为会震得头和身上都受不了,穿不了皮鞋,只能穿布鞋。"

"海洛因呢?"

"已经断了三个星期了,经常发作。"

"发作到什么程度?"

"好在,已经不会晕厥过去了。"

她把袖子挽起来给我看,从肘部到肩头都缠着发污的绷带,细如树枝的手臂的皮肤上,想必有无数注射针头留下的黑点,其中的一个化了脓,脓血交融,让整个上臂都变成了一根脓棒。

"犯瘾的时候疼得就像肉和皮都从骨头上被撕下来似的,又像是从肉里被抽出骨头一样,那种剧痛,晕厥过去也能感受得到。"

杨小姐用瘦得只剩骨头的手指拿着纸擤了下鼻涕,薄薄的纸上渗出了血。她的脸上,呈现着一种不可知的表情,似乎有一重又一重的东西藏在后面。不是悲伤,也不是黯然,也不是从前的那个天真、积极、有主见的女学生。那种表情里有一种让人难于适从的、拒绝别人接近的看不透的神态。磨刀青年尽心尽意地照顾着她,可是她多大程度能看在眼里,让人心生疑惑。

她曾经是苏州一个烧窑世家的小姐。

可是,不掩饰地讲,一眼看去,她让人觉得就像是随处可见的卖淫女一样。

土黄的、浅墨色的脸,嘶哑的声调里,透着失去一切鲜活感触之后的那种麻木。

坐在她面前,有如坐在一个盲人或聋哑人面前一样。颜色、声音、动静,都无法打动她。

她所身处的世界,只有一片寂寥。

除了"灵魂"这个词之外,我再也找不到一个能形容这个突然出现在我眼前的浅墨色物体的词汇了。

厚重的外皮悉数剥落,已经毫无任何的遮掩,形同赤裸。

当她沉默之时,我会感觉到惶恐。

黑色雕塑一般的沉默。磨刀青年帮她换了茶,问她这里冷不冷,为她着想的心情一见可知。

面对一个赤裸的灵魂,就如同一个父亲面对爱子的尸体,只能静静地去接近。

她的声音嘶哑,仿佛只用喉咙在发音:

"表哥你记得吗?去年十二月六日,日军还没攻进南京,炮弹先打进来,着了火。那天早晨,对面那户人家不是清扫水池吗?水池里的草鱼、乌鳢痛苦地挣扎,水已经抽干了,鱼飞溅着泥水,在泥里蹦来蹦去。有的鱼呼哧呼哧地喘动着腮,翻着白白的鱼肚。池里最大的乌鳢还扎伤了仆人,结果被那个临阵脱逃的少校开枪打死了……"

我的后脊梁骨一阵发凉。我自己从西大门外百人一组集体枪决的机枪扫射里逃生,只能说是一个天大的奇迹。当时的情景至今历历在目,我自己也就像那条乌鳢一样,整个身体又重现了当时的感觉,一滴滴汗珠顺着皮肤上长出的鳞片上流淌下来,感觉自己全身的鳞片都已经竖了起来。

杨小姐身前的桌面上,落着几滴水珠。那似乎不是汗水,而是泪水。既不是悲伤之泪,也不是仇恨之泪,是从她已经腐坏的躯体和灵魂深处自然渗出的无色透明的水滴。

"就像那条乌鳢一样,在金陵大学的安全区,在后门的泥沟里拼命挣扎,喘动着腮,翻着肚子,干枯的喉咙也黏住了,胸部涨得快要裂开,可还是拼命往泥里钻,胸和腹部被死死按住,肩膀也被按住了,身上像火烤的一样,后来下了雪。十二月十五日下午以后,我有许多次变成了腮上都是血的乌鳢,英武也死了,莫愁也死了,莫愁肚子里的孩子也死了,我肚子里的孩子也死了。"

……

浅墨色的杨小姐用没有任何激情的平静口吻讲述着她经历到的恐怖的遭遇。

对于杨小姐所讲的这些话,除了她的生身母亲之外,恐怕没有人能够附和,也没有人能够应答吧。

谜团,是的……赤裸的事物、最现实的事物都有如谜团。她看上去就像是一个谜团。

这一谜团只有一个名称,也不可能再有其他的名称。

如果以"爱"之外的任何一个名称去命名,这个确凿的谜团,这个女学生,都会死掉或者自杀的。

我得以奇迹般的万死一生,但还没有像她这样,落入到如此身无寸缕的境地。

或许,那一切对于任何一个尚未变成白痴的男人来说,都是不可能承受的。

看到她,不知为何,我便会思考"血"。女性有生育的力量。 切事物归根结蒂,最后遭遇到的都是"血"。

晚上十点半,我把杨小姐带回家,向桐野大尉介绍了她。大尉一直挂念着,穿戴整齐地在等着我们。

在我看来,大尉毕竟是敌人,所以是邪恶的,是十恶不赦的。这种想法我还是未能摆脱,但在杨小姐的比照之下,我不得不感到羞愧。

杨小姐对大尉没有做出任何反应,只是沉默地看了他一眼,就快步走过去了。

我让她躺到床上之后,她用沙哑的声音叫道:

"妈妈!英武!草愁!"

她服下了我给她拿出来的安眠药。她的一双眼睛完全是干涩的。

"我自杀了好几次,但是因为没有体力,死也死不成。恢复体力之后,是死是活,我再做决定。但我会活下去的,不用担心。"她停顿了一下,又继续说道:"活着,就是要受辱,死了倒干脆。请相信我,没事的。"

她的身体和麻风病人一样千疮百孔。关于磨刀青年,她一个字也没提。

看着她睡着了,我走出了用人间。卫兵谷中正站在门外,眨巴着眼睛。

"听大尉说她受了很多苦,实在太可怜了!"

半夜,发电报告日本将从国际联盟的各委员会全面退出。

九月十三日

受上海方面袭来的强台风余威的影响,遭遇暴风雨。

继续思考昨天的所想。

像我这样的男人,遭受任何苦难经历都无法袒露成裸态,是不是自己才是虚伪之人?才算双料间谍,才是真正的叛徒?套用杨小姐的话来说,是不是只有活在屈辱之中,适应了屈辱的状态,置身于屈辱之中才能够活下去?

想起在K那里看到的那幅诗人的肖像画,那位诗人也身处屈辱之中,身体被病魔侵蚀,却依然试图洞悉一切(在那幅画里他凝视着书本)。他试图看穿的到底为何物?虽然对此不得而知,但从画面中,能够感受到他燃烧着的意志。

杨小姐说她自杀过好几次。那就意味着,她本人数度忍受过近于分娩般的苦痛和挣扎。她终于从她自己千疮百孔的身体中,像生育孩子一样,生育出了她的浅墨色的灵魂。

只有在与自身的斗争之中，才能寻找出与敌人斗争的异常严酷的必然性。这就是抗争的原理、原则。所有脱离了这一原理、原则的斗争，便是罪与罪恶。那些杀死了莫愁和她腹中的胎儿，杀死了英武，奸污了杨妙音，仅在南京就凌辱了数万人的人，他们都是放弃了与自身的斗争，放弃了与自身斗争的意志的人。

当年，那些心胸狭隘的白种人视异教徒为敌，把他们看做是放弃了信仰基督之意志的人群。可是，如今的问题，却与信仰和意识形态并不相关。

如今我们的敌人所打出来的幌子，都不过是一场荒唐的迷梦。可以证明这一点的，是他们自己也在畏畏缩缩，也在诚惶诚恐。他们重用了那些如同男盗女娼般对他们趋炎附势的中国人中的投机分子，然后自己向后龟缩。他们叫喊的"东亚解放"的口号听起来虽冠冕堂皇，但当他们清醒地了解了这一理想的严酷之时，他们将会全身而退的吧，仅靠那些投机分子，也是难当其责的。解放必然要与全体人民的意志相联系，伴随着人的组织结构的质的变化。他们的军队组织及体系，是无法容忍这种变化的。我们自己的军队组织也是一样。根据我平常的观察，他们的大多数指挥官都不想承担责任，无政府主义的官僚气十足。当然,我们的军队也是一样。正像军队里的将校等级采用的是国际化标准,官僚作风也具有万国相通的普遍性。

桐野大尉也是如此。今晚,他又叫我过去,交谈对杨小姐的安排,可以说他满怀了关切。他答应每天都让卫生兵过来,军医每三天来一次。他问我具体是什么病,我如实回答了,他的表情阴沉下来,取消掉了头一天他自己提出的两个条件。他说,这么做并非是想让我们感恩戴德,青年学生只要身体康复就有可能投身到抗日运动之中,但那也没关系。我相信他的诚意,也把他的话转告给杨小姐了,她一言未发。似乎对这样的话,她已经充耳不闻了。我也告诉了大尉,没有得到她本人的回音,大尉说,可以等待。这样的态度是可取的,我因此不想再以胜者云云的逻辑论之。

说完这些,他仍然留我闲谈,我这才知道,那几十册英文、德文的中国研究著作、中国古典论著等,他其实一本也没有读完。另外也交谈了马克思主义及经济学的话题,这些书他通读过的也非常少。这让我十分惊愕。这样的大学教授,中国也不乏其人。

他在说话之间,眼看着就身心崩溃了。他伸手去拿威士忌的酒瓶子,当我要尽奴仆之责为他服务时,他却不堪忍受,自觉内疚。不堪教授之任,也不堪将校之职,更不堪孤独寂寞。因惊恐而退缩,退缩到一个角落处再爆发出来。逃脱与爆发,这难道不就是南京暴行之所以发生的潜在原因吗?现在,身居中国,他会因自己是日本人这一理所当然之事而感到苦闷。对于他们来说,侵略中国不就是为了从心理上实现他们逃离日本的梦想吗?可是,无论在何处,他们都无法改变他们自己是日本人的事实。

他们退出了国际联盟,这说明他们甚至梦想着要逃离国际社会。不堪孤独而侵略他国,又因侵略他国而更为孤立。只要未能征服全世界(包括他们自己的民众),或者说即便征服了全世界,他们也将灭亡的。征服全世界和逃离全世界,对他们而言,其实是同义语。孤立、灭亡之中似乎包含着一种美,对此我能够理解。卫兵谷中无时不刻地哼唱着一首悲怆的小调式的军歌。他们的美意识不复在社会、人民之中存在,只不过是属于越狱者和逃亡者的荒唐的迷梦。

九月十八日

九一八纪念日。

准备早餐时,听到大尉在讲一九三一年九月十八日的柳条湖铁路爆炸事件。让我吃惊的是,他竟然不知道那个爆炸事件是日军自导自演的,还以为是中国军人所为。除日本人之外的全世界人都知道的事,他却不知道。如此看来,南京的暴行事件恐怕也不为一般日本人所知。如果不去抗争,我们连"真实"都无法守护,也无法将它告诉给历史学家。

大尉吃过早餐,在收拾饭桌之前,我去用人间看了一眼。杨小姐还在睡着。枯瘦的肢体在膝盖处痉挛似地抽动着,手指也在动,像是想去抓住什么东西。

那就让她多睡一会儿吧,我这样心想着合上了门。这时,磨刀青年来了,是给她打针来的。所以既没挑担子,也没敲竹板。我告诉他还在睡着,他说那就等一等。这个青年人应该是爱着小杨的吧,如果杨小姐也能相信这个青年人就更好了。我想着这些,收拾好饭桌,开始扫地。

在清扫二层的走廊时,突然听到了磨刀青年的叫声,是在叫我。还穿插着"杨女士!杨女士!"的呼叫声。

我立即放下扫帚,跑下楼梯。

跑下楼梯的途中,我猛然醒悟了,原来是这样!

"不太正常,脉搏弱,体温异常地低,我想,她是不是又……"

自杀！

我马上去找两天前给她的放安眠药的小盒子,里面已经空了。我自己用的盒子也是空的。

"马上烧水,能找出一根一米半长的橡皮管吗？还需要漏斗。"

我赶紧点上煤气烧水,又从放在二层没怎么用过的一个煤气炉上拔下了橡皮管。青年人把管子放进开水中消了毒,撬开她紧闭的牙关,让她咬住了四根筷子,从嘴里的空隙中将管子的一端探到了她的胃里,再把管子的另一端伸到我高举起的漏斗里,随即把温开水注入到她的胃里。注入一升左右的水后,青年人让我把漏斗的位置降到床下。

白色的液体,回流到了漏斗里。

"还是白色的,好像还没过两个小时,就是今天早晨吃下的。你看看她的瞳孔有没有放大。"

瞳孔好像还没有放大。

洗胃非常成功。

"这次据我所知,已经是第三次了。第一次是跳了河,第二次是在乡下一户农民家的农具间上了吊,因为身体太弱,没吊上就昏过去了,在脖子上留下了一道红印子，但没死成。这次是因为回到了表哥家里，能够放心地去死，所以就吃了药吧。"

洗胃共洗了三次，去跑到药店买了强心剂和葡萄糖，还给医生打了电话。注射液的价格贵得出奇。

回到家里，杨小姐已经恢复了意识，但讲出来的都是胡言乱语，来自于她的幻视、幻听。

在手臂上注射已经无处下针，葡萄糖只能从手背上细细的血管注入。曾经做过医生学徒的磨刀人用尽了全力，他总能在必要的时候动作麻利地处置一切。

注射完毕，杨小姐用干瘦的手指指着天棚说：

"快看，白白的雪，沙沙地下起来了。真冷，真冷啊！"

她的牙齿咯噔咯噔地打着冷战，在"真冷，真冷"的叫喊中，还发出了一声声让人恐惧的悲鸣，甚至不敢想象那是人发出的声音。那就是她"成为乌鳢的瞬间"的恐怖记忆吧。当她重复说出"白白的雪"时，我便想起了去年十二月十四日夜，莫愁、英武、杨小姐，我们四个人逃出了地狱般的马群小学，在枪弹的追杀之下匍匐在棺木之间的情形。那时，天上就下着白白的细雪。我当时在四人俯伏着的棺木前，看到了一匹垂首伫立的巨大的白马，白马正流着血。

可昨天我和小杨说起时,她说并没有什么白马。可自那以后,那匹白马的幻影就一直在我眼前挥之不去。每当想起与莫愁、英武、杨小姐的生离死别,那匹白马便会拖着长长的马鬃出现在眼前,并且掠过苍空,疾驰而去。对我而言的白马,就等于对于杨小姐而言的白白的细雪、池底的鱼一样吧。

恐惧常会凝结为马、鱼、猫等等的原始的动物意象,这让人联想起明孝陵前排列的石兽。

医生来了。除了浣肠之外,别无新的办法。磨刀青年的处置是完全妥帖的。

幸好在将近中午时分,她恢复了意识。

"眼睛疼,眼睛疼。"

她说。当人误服了甲醇时,眼帘内测会感到有东西在滚动般的痛痒感,我想,那有可能就是类似的药物作用的缘故。

"为什么要这么做?以后不会再这么干了吧?"

对于我和磨刀青年的轮流呼唤,她用细微却清晰的声音说道:

"活着,太可怕了……我看到表哥的抽屉里有三盒药,昨晚我用手拿着它就放心地睡了。"如果继续这种诱导性的询问,她似乎还都能回答的样子。"今天一早,表哥在厨房的时候,晨曦格外美丽。我就用表哥放在我床头的牛奶把药喝下去了,可还是体力不支,没能全部喝掉,只喝了一盒半。"

"活着是件可怕的事情吗?如果说死去才可怕还可以理解……"

"死一点也不可怕,所以我才吃了药的。"

原来如此……也许这才是她的真实感受,我想。人生的时间,或许并非如我们一般想象的那样,只是单纯地从生到死,而是死亡一步步地逼近、来临。我们身处的此时此刻,正是由生与死的两种时间交汇成的一条汹涌起伏的分界线,有如鼎里沸腾的滚油一般。在这条分界线上,初始、终结、战争、屠杀、强奸等等,一切都在相互接合与争夺。

"必须打起精神来,顺势而为的话,谁都是要死的。你不是说过吗?会活下去的,不用担心。现在,我从心里深深信赖的,就只有你一个人了。"

"哎……"她反复叹息了三声,沉默了。她在想什么?我似乎触碰到了比冰块还要冰冷的物体。"嗯,我不是也说过吗?活着,就是要受辱,死了倒干脆。"

"可那之后,你不就说过,请相信你,没事的吗?"

"嗯,请相信我,没事的……我说的没事的,是说即便我死了,也是和活着一样的。"

"那怎么能一样?怎么会一样呢?"

"浑身上下都是脓水,像是在冒泡,像是化成了泥水,死了就能好了。与其乱糟糟地湿成一团,不如干了的好。昨晚,我和莫愁、英武都讲了话,莫愁肚子里的孩子,我自己的孩子也都在。讲出来的词句就像矿石一样闪着光亮。可是,还是下起了雪,白白的细雪。快看,那边不是又下雪了吗?窗户边上,是不是在点着一只白蜡烛?"

十几滴"矿石一样闪着光"的泪水从她的眼角处扑簌簌地喷涌而出,滚落到消瘦的面颊和枕旁。她的面容让人联想起被雪埋起来的死者。这不知不觉给我一种放心感。

"你可不能变干,不要成为鱼干啊!"

我盯着浅墨色的杨小姐,想起了"绝域"这一占语。她是被人所食的,而我则是食人者(我曾把一息尚存的人抛到了河里)。身处"绝域"的两个人,上下、前后、左右都是寒冷刺骨的冰凌。我的思考和时间都在此停息。只有天使或者母亲的到来,才能让杨小姐得到拯救。是否能得到拯救,还有待今后的观察。

伯父突然来访。

"可以不必担心了。"

青年人测了她的脉搏后,悄悄对我说道。

伯父是从桐野大尉那里听说杨小姐回来了,才匆匆赶来的。他已经知道了她的病情和海洛因中毒的情况。他本想闯进用人间,我费了好大劲才对他讲好,先在外边等一等。为了杨小姐的复苏,还需要为她保持一定的温度和湿度,不能太冷,也不能太干燥。此外,我也不希望让他和磨刀青年碰上面。

伯父用一把大扇子啪嗒啪嗒地扇着肥厚的胸部,急急火火地说道:

"不需要PYI(这是日语的海洛因的简称、隐语)吗?没有犯瘾的症状了吗?"

我竭力压低了声音断然地对他说:

"你不要再插手贩毒了!"

"这都是哪儿跟哪儿?我没干啊!干那个的,都是东洋鬼子啊。"

"这时候,你就把不敢承认的推给鬼子。"

"你这么说对日本人多不礼貌?你什么时候变成亲日派了?是不是受了桐野的感化?我把这个放在这儿了,我要外出一段时间。一个奴仆,说话别那么大的口气好不好?"

伯父把装着洒尔佛散注射液的一个纸箱放在了玄关旁的侧桌上,又啪嗒啪嗒地扇着扇子,门也没关地走了出去。他戴着崭新的巴拿马帽,撑着阳伞,迈着悠闲的步子走下台阶。我照例作了个揖。他回了一下头,看到我在作揖,狡黠地笑了,眯起一只眼睛使了个眼色。

杨小姐安静地睡着,再度陷入半昏迷状态。

今天真是格外忙碌的一天。我正在和青年人安静地吃着午饭,伯父的老婆来了,不像是来看望病人,反倒是大声叫嚷着进来的。

"一个个像案板上的鱼一样任人宰割,要么被杀,要么被强奸!翻着肚子挣扎上来的就往汉口和重庆跑!我本来以为,亲戚里靠得住的就剩你一个人了,可是你又成了一个奴仆。真是个不中用的东西!可好歹你还在南京。可是,你怎么这么没用!"她的肥大的屁股坐到了漂亮的侧桌上,大发光火。我一时没搞清楚是怎么回事。"你还一脸莫名其妙的样子。我把那个贪婪的老色鬼从家赶出去了,要把他关在乡下!家里的财产都由我一个人掌管了!你一定知道那个深眼窝的女人吧?东洋兵在你家里开宴会的时候,听说她也来了的。你是不是也和他们串通一气了?老色鬼和那个女人勾勾搭搭,干了畜生一般的勾当,还靠着在东洋兵的伪政府里当个卫生部副部长来耍威风,狗屁都不是!什么卫生部,不就是一帮管粪尿的头目吗?近来,他不光从粪尿里赚钱,还触犯国禁,搞起了毒品,还勾搭别人的淫荡的小老婆,想把人家的财产骗到自己的口袋里!这样的人也能算是你伯父?你就算当了奴仆,只顾低三下四的也不算本事,你们都别想糊弄老娘!我把他赶到乡下去,派人去监视、监禁他!乡下也不容易啊!共产党军队的土匪就快到乡下了!你明白吗?"

被她喋喋不休地抢白了一顿,我都连气也喘不过来,所以未置一词。她的吐沫星子一阵又一阵地喷了过来。

"你明白吗?"她突然放低声音,看了看周围,又特别观察了一下二楼的动静。"你可要保管好啊!这些钱是三百美元。拿着这个钱,把那个女孩子送到上海去吧,让她住德国人医院里,治梅毒德国是最好的。要不然……"她突然提高了声调,"就等死吧!你这个傻东西!"

"前几天,乍一见到她的时候,我也是这么想的。"

"那还不快点去治?啊,真是热死人了!你搞到通行证了吗?"

"她的搞到了。"

"我问的不是她的,你不是要带着她去吗?傻瓜!"

"能搞到的。"

"别去求东洋兵了,你就用这个吧!你告诉大尉以后,就用这个坐今晚的夜班火车走,越快越好!把钱看管好了!也没几个亲戚了。我会把你伯父赶到乡下去的,他用不着通行证了。这个老色鬼还想和那个女人往上海跑!"

通行证上写的是伯父的名字。

"让她在医院住上一年半载的,直到身体完全康复。你可要马上回来,我还有事情要和你商量呢。一定保管好啊,快把钱收起来!那好,再见!不坐今晚的火车也行,但是要尽快,越快越好。那好,再见!太可怜了!这些该死的东洋鬼子!"

她的鼻头上冒着一颗颗汗珠,鼻翼两侧接连流下了几滴泪珠。她用缠过的小脚步履蹒跚地走下台阶。我看着有些危险,就跑了过去。

"不用你扶!"

伯母口若悬河地讲了一番之后就回去了。杨小姐醒来后,我问她愿不愿意去上海住院。

她长长地沉默了五分钟后,开口说:

"要是住院的话,我想住金陵大学附属医院。"

她这么一说,反倒让我沉默了。磨刀青年也吃惊地睁大了眼睛。金陵大学正是她和莫愁被凌辱、杀戮的地点。

"要是身体还能治好的话,我不想去别的地方,只想在经受磨难的现场重生一回。我不想在其他地方用表面上忘却自己的身心伤痛的方式得到快速的治愈。"

"但是,那可不是件容易的事啊。在你自己受罪的地方住院,很可能你每天都会想起当时受罪的情形,那只能加重你的幻视、幻听,那是需要多强大的毅力的一件工作呀,转到外地治疗,也是以治病为目的的正当方法……"

"不,我知道,那需要强大的毅力。表哥,你说,那是需要强大毅力的什么?"

"我说的是工作。"

"只要不在事发现场,病就能治好的那种想法,可不在我的工作范围内。如果不是为了去工作的话,去了上海,反倒每天只会生活在幻视、幻听里。"

"哦。"

"我刚才看着窗外院子里的树,心里就是这样想的。我觉得树木也是有智慧的。不管受到怎样的伤害,决不移动半步,哪里也不藏,哪里也不躲。它只能原地不动。所以,树木不论遇到什么样的灾难,都只是原地不动地拼力等待,拼力地扎根。"

"你是说,你也要扎根?"

"我也不愿意回到自己被奸污的现场。可是,真想治好病的话,就只有毫不妥协地从那里再出发一次。"

我点了点头,然后让青年人和在金陵大学附属医院担任院长的美国人威尔逊医生取得联系,争取两天内让她住院。

"尽给你们添麻烦……"

一句声音低沉、沙哑的话,却沁人心肺。这让我无意之中毫无关联地想到,秋天已经到来了。

杨小姐已经成为一个意志坚定的人。她虽然经历了几次自杀,但尚未失去与自我身心的伤痛作斗争的意志。我终于看懂了,自杀对于她来说,也正是与伤痛斗争,求得完全治愈的一种努力。因此,她需要在痛苦中得到痊愈。对她而言,身处那一现场,并非是在伤口处贴上膏药的外力治疗,而是依靠内在的自发性,像动物舔舐自己伤口一样的自我痊愈,像秋冬孕育出春天一般的自然过渡。

对她而言,作为一个切实的存在者所能得到的位置和工作,都只有那里。

我终于明白了,为何那天夜里桐野大尉去接她时,她对大尉毫不理睬。

她具有了真正意义上的内在的自发性。也就是说,如果有一天她终于痊愈,终于能开始工作,那么,她所做斗争决不会是因为敌人来了才斗争,她的斗争决不会是这种因果关系的结果,也不会是被动的产物。虚无主义者,才总是在被动中行动。

十月三日

桐野大尉又出差了。可能是去察看武汉会战的战况。据卫兵谷中说,大尉一直希望能上前线,加入战斗部队。到底是什么原因让他有这样的愿望?是对情报收集这个一成不变的无聊工作感到厌倦了?还是他自己被空虚、不安与不满所折磨的结果?或者,是因为在我家里的起居已经让他郁闷不堪了?如果答案是这三个原因里的最后一个,那么,我就必须更加谨慎,并且要不动声色地去做事。也就是要处处留心才好。

几天前,曾发生过这样一件事。

住在二层的大尉很少上到三层去,这天他突然说要上去看看三层的我原来的书房。

士者不武

在那里,他看到了一块写着这样的字句的匾额,便问我那是什么意思。

我照实回答他,就是字面上的意思,为士者,不逞武。

大尉满脸不解的样子。

"为士者不逞武,如何为士?"

他嘟囔着说道。

我欲言又止,没有回答他。大尉也没有继续追究。如果那个时候,我必须要回答他的话,有可能会这样对他讲:

士农工商,四民各有其业。以学为职则曰"士"。如果你将"士"理解为军人的话,自古以来,我们的军队理想,是士农工商以各持之业为武器。因此,我们的军队,仅仅是四民各守其业的防卫军,而不可能是侵略军。

差不多就是这样的意思吧。

大尉虽有不解,但所幸的是,他终于没有作声。

可是,没有作声,对他真的是一种幸运吗?

终有一天,大尉会知道这一层意思的吧。

这期间,我曾发电汇报了来自K的情报,即日本似有完全脱离国际社会的预兆。对此情报,政府各机关反响强烈。为了把这些消息转达给K,我委托壶中天酒店牵线联系,会合地点约在了明孝陵。

秋风吹拂之中,我走向明孝陵。

半路上看到了一个身材酷似伯父的男人,这让我想起来我家大吵大闹的伯母对他的数落,不禁有感到有些滑稽。如今,被监禁在乡下的伯父,一定在为面对日军、政府军这几股势力,如何才能够保全自己的土地财产而绞尽脑汁。这应该并非笑谈。对他来说,回到乡下是最好的。在东方世界,任何一种思想的价值,都要根据是否适用于农村,是否与农耕劳作相符来检测和决定。城市的思想,基本上都属于夜间的思想。城市,是无法自食其力的。城市的思想,亦是如此。

在这一点上,南京就很理想。虽为首都,但城内城外田地绵延,丘陵错落,池塘、河流密布,自然占地远比楼房林立之地更为广阔。

在中山门,被迫向日本兵脱帽敬礼,然后,我就一直向屹立在南京城东北部紫金山麓的明太祖洪武帝、马皇后、懿文太子的合葬陵墓走去。那里杂草重生,荒芜凄凉。参道两侧,花岗岩的狮子、骆驼、大象、獬豸、麒麟、马等石兽各两对,一对坐卧,一对站立。四武将四文臣,共八尊石人相对而立。每次来到这里,我都惊异于这些石兽、石人的怪相。高达五米的巨象,真不知究竟为何而建。但从紫金山顶俯视下来,从陵墓所象征的死亡与永恒之路,经由幻境一般的两两相对的怪兽、石人之间,一直通往城内的人世与世俗之路,能够一览无余,脉络井然。而决非所谓的亚细亚式的混沌、混乱的样子。如果从城内向紫金山方向反向走来,就如同我今天走来的线路,则会在直抵山顶的过程中,体验到对死亡的超越之后抵达天际。

我经常在空想中,将北京的天坛和紫金山顶叠合在一起。既然是空想,就可以天马行空,无拘无束。那是一幅令人开怀的在广袤的天地之间万物沸腾的图景,是令我欣然的宇宙之像。在这个宇宙的边缘处,敌人的列岛也依稀可见。我想起了去年冬季,在屠杀、抢掠、奸淫刚刚开始的阴森的日子里所见到的那一只巨大的鼎。

在昔日依靠各地华侨总会的帮助漂泊海外期间,我见到过伊斯兰教大寺院的洋葱状的高塔,曾深深感以那种塔的形状和《一千零一夜》叙述方式的酷似。一个晚上讲一个故事,一个接一个地讲,语言也越来越简练,一夜又一夜地螺旋上升,终于在一千零一夜形成那种洋葱状的高塔。当故事终结的时候,亦即人生终结的时候,从塔尖顶端飞升而去。——如此空想,是我所喜欢的脑力游戏。

K背着画架走了过来。这时的南京,见到这种样子的人也不再令人奇怪。

"这么说,那个情报还很重要。"

"所以我告诉他们,不要强迫我们再去搞后续情报。"

"那多谢了!"

谈完事情,K立即将话题转到了女人上面。

"那是你的Spark of life(生命的火花)?"

听到我的奚落,他愤然回击说:

"如果在你看来,一瞬间的闪光是没有任何价值的,那么,持久不灭的微光,岂不是也毫无价值?"

我只好向他道歉,并且对他坦白:

"其实,在壶中天第一次看到那个女人,我也曾心里一动。但还是你的手快。"

"噢?是吗?已经到了这把年纪,年届中年还去谈恋爱,让人感到人生已经过去,让人感到辣嗓子呢。"

"辣嗓子?原来如此……那么,你觉得你自己同以前相比,发生了哪些变化吗?"

"不,一点也没有。或许也有些……"

两人微微一笑,笑容是苦涩的。

"杨小姐时常会凝视着我说,表哥,你变了,相貌都变了。我只好回答说,就是白头发多了很多吧。可是,听了她的话,还真有点难过呢。"

脚踏杂草漫步于松柏之间,我们不由得同时沉默了。树林之间寂静、幽暗,但有透过树枝的光线照射进来。

K停下了脚步。

"可是,说起来的话……"这是他讲话时的习惯性的引子。"在我们这个社会里,也许无论哪一个世界也都是如此,恋爱马上就会被玷污,女人、男人立即会被工具化,成为情报的工具。"

"嗯,其实不仅恋爱,瞬间的闪光也罢、微光也罢,归根到底,一切都是由意志和希望所决定的。为自己被工具化而叹息、恐惧,那就等于因噎废食、讳疾忌医了。比知晓和恐惧更重要的,是希冀。否则的话,所有一切都不过是黄粱一梦。"

"噢……你是在煽动啊!"

"算吗?我的确是这样想的。人不论被怎样工具化、物质化,不论被怎样非人化,总还会有不灭的东西。不然的话,我们都经历了去年冬天的地狱般的磨难,为何会……"

"是啊,非人化,这个词不太方便说出口啊。对了。那个女人,后来给日本人当了小老婆。"

我深吸了一口气。秋天的空气沁人肺腑。这时,我们来到了埋葬明太祖的山丘前。

"我们共同的恋人,真让人无奈啊。她长了一副特殊的面孔,似乎毫无感情,对什么都漠不关心、无精打采的样子。但却又热情似火,有一种冰冷的性感。"

"说什么呢?有点儿不像话啊。"

"抱歉!抱歉!"

"但确实是一个妖精一般的女人。"

"比起财产什么的,该拿那个女人怎么办,才是最让你犯愁的吧?算不上堕落,但对你来说,的确有一种悲怆感的吧?——到了鬼怪出没的季节了。"

"秋天来了。你是不想说什么商女不知亡国恨啊?"

"可是,对我们来说,目前还处在黑夜之中。你不是说,只在夜里画画的吗?"

"你应该早一点为莫愁、英武建块墓地了,一定要尽快!"

再次穿过两侧排列的石人石兽回到城内,我顺路去医院探望。来到病房前,发现磨刀青年正在和杨小姐激烈辩论。他们的声调都很高,我悄悄走了进去。

他们二人讨论的,是应该去重庆,还是应该去延安的问题。磨刀青年当然主张去延安,杨小姐主张应该去正统政府所在地重庆。双方都能理解对方的真意,但青春所特有的意气之争也似乎掺杂其中。特别是磨刀青年,显得格外执着。

我保持了沉默。家兄在重庆因滥用司法官的职权最终被捕,我没有去提这件事。理应让他们自己去做出选择。从做出选择开始,开启人生与命运的大幕走向成熟(对于我自己也是如此)。农民如果贻误了农时,或不勤于耕耘,就不可能有收获。是否能有希望,尚不清楚。但是,人生中总会有一次又一次的发现,正如年年岁岁都会有收获一样。

代后记:《时间》[*]

一九四五年暮春,武田泰淳和我流落在战争末期的上海,我们被当时急剧的通货膨胀所苦,陷入到极度贫困的境地。我像一名乞丐一般,每天都要去海军武官府蹭午饭。不是去做任何的工作,每天去只是为了能吃一顿午饭,是名副其实的乞食者。对我们心生怜悯的摄影家名取先生[①]给了我们一些钱,让武田和我去了一趟南京。诗人草野心平在南京,款待我们两人吃饭喝酒,还借宿给我们。

在南京只住了五六天时间,但我们一起走遍了城内

---

[*] 本文由本书作者发表于一九六二年一月三十日《朝日新闻》晚报,后收入随笔集《历史与命运》(1966年,讲谈社)。

[①] 名取洋之助(1910—1962),摄影家,一九四一年起在上海经营太平印刷出版公司。——译者注

的街巷。其中一天,我们去看了南京的城墙。站在城墙上,入神地眺望着无边无际的江南旷野,我心里不禁去想:究竟是哪一个日本人抱了那样的一种痴心妄想,竟然以为用军队这种粗暴的工具就能制服这块无垠的土地和在上面居住的中国人民?对此先暂且不论,当时,紫金山一下子吸引住了我的视线。

正值夕阳西下的时刻,这座不高的石岩山,果然映现出了紫金色的光辉,我浑身上下被它那摄魂入魄的硬质的观念性的美所深深震撼。于是,我有了一种冲动,想要用笔将这种硬质的矿物质地的美书写出来……

当时,躺在我身边的武田泰淳突然坐起身来说:"我要写一部明朝没落史。"从那时起,九年过去了,我写出了《时间》。

这部作品的主人公是一名中国知识分子,日军占领南京后,他沦为日军情报官的男仆,私下里却用藏在地下室里的无线电发报机,通报南京被占领后的情况。这种情节设置应该十分适于写成通俗小说,然而,由于那种映现出紫金色光芒的硬质之美顽强地盘踞在我的心中,阻止我去通俗化处理,而且那种美无论如何也不容许日常经验式的、小说式的描写和情节编排,因此,这部小说最终写成了文库本的解说撰写者佐佐木基一所说的"极为思辨式的小说"。

原本我是从诗歌和评论的领域进入到文学世界的。所以,即便主人公处于极易滑向通俗小说的位置,但我也决不使用"文学小说式的话语修辞",而是最大限度地使用评论式的语言、评论式的方法去书写。此外,如果"观念化"一词已成为我的标签,我也想看一看,如果我自己毫无保留地去做一番彻底的观念化的尝试,那么究竟结果会怎样?

时间是一九三七年十二月,地点是南京,那么,理所当然,其中就会包括日军制造的"南京大屠杀"。我不知道这其中的因果关系孰先孰后,或许,为了写出刻印在我胸中整整九年也未曾消退的那种庄严的紫金之美,就只能以那样一种残虐绝伦的现实来作衬底……

最近我在《发自海鸣的地层》中描写了"岛原之乱"[①]。这也是我学生时代就想过要写的题材。前者用了九年时间,后者用了二十年时间。一个作家的执念实在可怕,我时常会对作家这份行业感到厌烦。

---

① 岛原之乱:一六三七年由长崎岛原的基督教徒与农民发动的日本史上最大规模的农民起义。——译者注